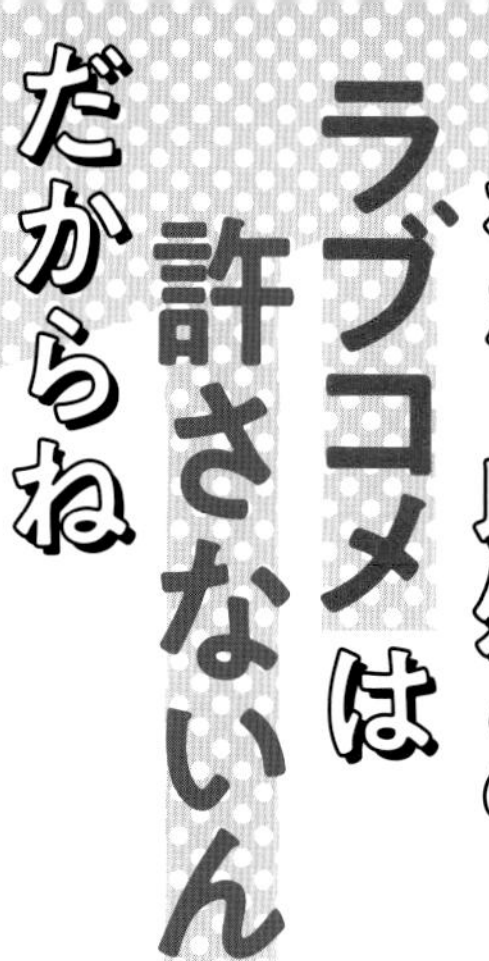

3

watashi igai
tono
LOVE COME ha
yurusanain
dakarane

羽場楽人
ill.イコモチ

著／羽場楽人 イラスト／イコモチ デザイン／たにごめかぶと（ムシカゴグラフィクス）

「——ヨルカのウェディングドレス姿は
「…………」
「ヨルカ？」
「ず、ずっと、となりを
歩いてくれるなら、
考えなくも、ない、かも」
「うん。ありがとう」
「わ、わたしも希墨の
タキシード姿を見たいだけだから！」

「いいからお姉ちゃん、
希墨からどいてよ！
なんで乗ってるの！
ていうか服！　服着てよ！」

わたし以外とのラブコメは許さないんだからね 3

watashi igai
tono
LOVE COME ha
yurusanain
dakarane

羽場楽人
ill.イコモチ

第一話　スキ

「ヨルカ、キスしようか」

夕暮れの美術準備室にふたりきり。
俺の愛しい恋人・有坂ヨルカは、すべてを俺に委ねるようにそっと目を閉じる。
あの艶やかな小さな唇にそっと口元を寄せていけばいい。ただそれだけのことだ。
ふたりの距離がゆっくりとゼロに近づいていく。
ついに、ファーストキスを交わすのだ。
やっと、この瞬間まで辿り着いた。
あと少し、もう少し。
だが、いつまで経ってもヨルカとキスができない。
世界が一時停止したみたいに、恋人との距離が一向に埋まらなかった。
目の前にヨルカがいるのにずっと寸止め。
おかしい。
なぜだ。なにがいけないいんだ。

手順でも間違えたのか？　そもそもキスの正しい手順ってなんだ？

わからない。さっぱりわからない。

「キスって、どうやってするんだぁ――――!?」

俺が絶叫すると同時に全身を激しい衝撃が襲う。

「うわっ!?」

俺は目を覚ます。

「きすみくん、起きた？」

「えっ、えぇ？　あれ、夢……ッ」

見渡せば自分の部屋。そして俺の上には飛びこんできた妹の映が乗っていた。

「夢、夢なのかぁ〜〜」

落胆する俺は、深々とため息をつく。

キス未遂の夢を見るのはこれで何度目だろう。

どれだけ俺はヨルカとキスをしたいのか。

「映。俺を起こすのにジャンピングプレスはやめろ。おまえはもう大きいんだから、そのうち本気で骨折れる」

小学四年生の妹の無垢な全力ダイブは、日に日に俺の胴体に鈍い痛みを残す。

ほんの二年前までチビだったのに急に身長が伸び、まだまだ成長期。なのに中身は幼いまま。

「へへへ。きすみくんがなんか苦しそうだったし」

「次からはもっとやさしい起こし方で頼む。あと、ちゃんとお兄ちゃんと呼びなさい」

「わかった」

返事はいいが、そのふたつの約束が守られたことは一度もない。

映をベッドの上からどかして「休みの日くらい、もうちょっと寝させてくれよ」と二度寝を試みようとする。

「ねぇ、きすみくん。今日はヨルカちゃんとデートでしょう。そろそろ出ないと遅刻しちゃうんじゃない？」

「今何時ッ⁉」

時刻を見て、俺の眠気は吹き飛んだ。

今すぐ出ないと約束の時間に遅れてしまう。

「だから起こしてあげたんだよ。褒めて！」

「悪かったよ、映。感謝してる！　ありがと！」

スマホのアラームも早めにセットしておいたのに、寝ぼけて止めていたらしい。

俺は急いで身支度を整えて、家を飛び出した。

扉を開いた瞬間、空気の暑さと日射しの眩しさで目を細める。

突き抜けるような青い空に大きな白い雲。

セミのやかましい鳴き声が聞こえる。

今年の梅雨は短く、すぐに終わった。

七月上旬、太陽が本気を出す。季節はもう夏だった。

炎天下を走り、俺はなんとか待ち合わせ時刻に間に合う電車に乗りこんだ。

家から地元の駅に着くまでに汗をかいたので、冷えた車内が心地いい。ありがとう冷房。

電車を乗り継ぎ、原宿駅の改札を駆け足で通る。

日陰のところで俺の彼女は待っていた。

清楚な私服姿のヨルカは制服を着ている時よりも大人っぽく見える。

「ヨルカ」

「おはよ。どうしたの、そんなに慌てて」

「ヨルカに一刻も早く会いたくて」

「……寝坊でもした？」

「なぜそれを⁉　時間には間に合ったよな？」

「あ、ほんとにそうだったの。冗談のつもりだったのに」

「エスパーかよ」

「希墨が顔に出やすいだけでしょ」

「それはそれで明け透けになってるみたいで不安なんだが」

俺は思わず自分の顔を触ってしまう。

「……わたしはわかりやすくて、ありがたいけど」

ヨルカは俺に聞こえない声でなにかを呟く。

「え、なに？」

「ほら、いいから行こう！」

ヨルカは自ら俺の手を繋いでくる。

待ち切れなかったとばかりに歩き出す。

付き合って約三カ月。

期末テストを目前に控えた週末、ヨルカのリクエストで今日は原宿デートだ。

俺達はまず原宿駅の正面にある複合施設に入ったＩＫＥＡを訪れていた。

白を基調とした店内のいたるところにはオシャレな家具や大胆な柄や彩りのインテリア雑貨が置かれている。

「これかわいい。あ、そっちもいいな。ねぇ、希墨こっちはどう思う？」

ヨルカは楽しそうだった。目についたものを手にとっては、あれこれと感想を述べる。

俺もそんな彼女を眺めるのが楽しいし、それぞれの家具が想像させる様々な生活の一場面をふたりで話すのも面白かった。

「もし一緒に住むなら、ソファーはこれくらいの大きさは欲しいかな」

ヨルカはファミリーサイズのソファーに横たわり、悠々と足を伸ばす。

「これくらい広いと、ゆったり映画見るのにもよさそうだな」

「ふたりでのんびりできるね」

「ただ、ふたり暮らしの部屋に置くにはちょっとデカいかも」

「？　くつろぐなら広い方がいいでしょ」

「置きたいのは山々だけど、大きな家具を置くには広い部屋じゃないと厳しい」

「広い部屋に住めばいいじゃない」

家がお金持ちのヨルカはさも当たり前のように言ってくる。

そりゃ俺も素敵な家具が並んだ広々とした部屋に住んでみたい。

が、いい生活には先立つお金が必要になる。

去年、バスケ部を辞めて暇ができた高校一年の夏休み。

俺は空いた時間にアルバイトをして、お金を稼ぐのは大変だということを学んだ。

その時につかわずに貯めておいたおかげで、こうしてヨルカとデートもできている。

「がんばらせていただきます」と俺はシャンと背筋が伸びてしまう。

「希墨がひとりでがんばることはないってば。わたしも協力するから」

「頼もしい彼女で助かるよ」

「希墨となら楽しいもの」

もしも一緒に暮らすことになれば——そんな未来を想像するだけで浮かれてしまう。

「とりあえず現実的にはこっちのソファーかな。お、座り心地もいい感じ」

俺は、ふたり掛けのソファーの方に座ってみた。

「へぇ、どれどれ」とヨルカもとなりに滑りこんでくる。

「あ、ほんとだ。いいね、希——」

肩と肩が触れ合いそうな絶妙な近さで、俺達はぴったりと収まる。

すぐ近くにヨルカの綺麗な顔があった。

ヨルカも俺との距離感に気づくと、そっと視線を外す。

恥ずかしがり屋の彼女はすぐに耳を赤くしながら身を固くしていた。

せまい座面では立ち上がる以外に逃げる場所もなく、ちょっと動くだけで腕や膝が触れてしまう。

それでもヨルカは付き合いたての頃みたいに過敏に反応して逃げることはなかった。

「お、思ったよりはせまいね」

「たぶんカップルでこうしてイチャつくためじゃね。座った人だけがわかる仕様」

整った輪郭、綺麗な眉と長いまつ毛が縁取る大きな目、左の目元にはかわいらしい泣きぼくろがチャーミングだ。すべすべの頬。高い鼻梁に形のよい耳。小さな唇はぷるんとして柔らかそう。細い首を視線でなぞれば、今日の服装では鎖骨まで見える。

ワンピースは夏らしい涼しげな色の上品なデザインだ。

華奢な肩に細い腕。その雪のように白い肌がほんのり赤いのは夏のせいだけではない。

「すごく、顔が近いかも」

「ハグする時はもっと近いじゃん」

「あれは、顔を間近で見ているわけじゃないから」

ヨルカが抱きつく時に、いつも俺の首や胸に顔をうずめている。あれは恥ずかしがっている顔を見られないためだったのね。

「手を繋いだり、ハグをしてるんだから慣れそうなもんだけど」

「だって、このままキスしちゃいそうだから」

そう、未来の同棲より俺にとって直近の重大事項とはキスだ。

恋人になって三カ月、俺達はまだキスをしていない。

そろそろ新たなステップに進みたいと思いながら、いまだきっかけを摑めずにいた。

俺にとってヨルカははじめてできた恋人。

もちろん、キスなんて未知の領域だ。

どうすれば女の子に不安を感じさせずスマートにキスを受け入れてもらえるのか。

そんなものはわからない。わかってたら、とっくにキス童貞を卒業している。

昼休みや放課後、学校の美術準備室ではいつもふたりきり。

正直キスをするチャンスはいくらでもあったと思う。

が、これが上手くいかない。

となりに座る。目と目が合う。微笑む。軽いボディタッチくらいなら日常になった。手を繋ぎ、時にハグをする。

魅力的なヨルカに密着されるたび、俺の心と身体は爆発寸前だった。

ある時は、顔と顔が近づいてそのままキスをしてみようと近づこうとしたら、

『あ、マグカップが空ね！　新しい紅茶でも淹れようか！』

と素早く立ち上がられてしまった。

またある時は、抱き合ってから離れようとしても俺が離さずにいたら、

『希墨、ちょっと目が恐い』

と怯えられてしまった。この時は前のめりすぎたと反省した。

中間テストが終わった時、解放感に乗じて思い切って伝えたこともある。

『ヨルカ、キスしないか』

『まだ早い！』

もちろん無理をさせるつもりはないし、俺がやや先走っているところもある。

そうやって葛藤し、失敗し、こらえる日々が続いて今朝のように夢にまで見てしまう始末。

すぐ目の前に大好きな恋人がいたところで、すべてがスムーズにいくとも限らない。

「……ねぇ、希墨」

「えっ⁉　な、なに？」

「わたしの唇、見すぎ」

「悪い、キスのこと考えてた」

「そんなのバレバレだから」

「あ、こういうことね」

ヨルカがエスパーなのではなく、ほんとうに俺の些細な反応から察しているようだ。

「……そんなにしたいの？」

「したい」

食い気味に即答する。

「ここお店だからッ！」

周りのお客の視線が集まっており、ヨルカは先にソファーから離れる。

「え、人がいなければいいの？」

「場所の問題じゃない」

「じゃあ、どうすれば」

「わたし次第！」

注目を避けるヨルカを、俺は慌てて追った。

俺達はそのまま竹下通りを抜けて、表参道へ足を伸ばす。

俺自身、原宿界隈は不慣れなため今日はヨルカについていく形だ。

「お姉ちゃんの服を買うのに、このあたりは何度も来てるからお店の場所は把握しているの。任せて」

「ヨルカって人ごみ、苦手だろう」

「苦手だけどお買い物は好き。あれこれお姉ちゃんに服を着せるのも楽しいし」と、ヨルカは高校生にはやや敷居の高いブティックにも慣れた様子で入っていく。

「お姉さんの服はヨルカが選んでいるのか？」

「美人だからどれを着ても似合うせいで、いつの間にかこだわりもなくなっちゃったのよ」

そりゃヨルカと血を分けた姉君ならマネキンも勝てないくらい、なんでも着こなすだろう。

大人っぽいシックな雰囲気の店内に、俺はちょっと緊張してしまう。

壁の鏡に映る自分の姿は年相応の少年であり、対するヨルカは上品なお嬢様。

なんだか俺だけが浮いているように感じて少々気後れする。

こんな美少女と付き合っている以外、目立つことのない平均で平凡なふつうの高校二年生である。努力必須のミスター・スタンダード。

学校で制服を着ている時には感じなかった違いが、ふいに浮き彫りにされた気分だ。

我ながらキス程度に悩んでいた自分がとてもガキに思えてくる。

目の前にあったメンズのTシャツのタグを見る。うん、店構えの通りの値段だ。

「高ッ」

「希墨。もう出よう」

「いいのか？」

「うん。特に欲しいのなかったから」と、ヨルカはさらっと店内を流し見をして戻ってきた。

そんな感じで目についたお店に入っては、あっという間に出ていく。

何軒も回っているうちに、俺でも名前を知っている有名なアクセサリーショップでヨルカは気になるものに出合った。

「これってわたしに似合うかな？」

ヨルカが指差すのは、シルバーのシンプルなネックレスだった。

細いチェーンに、小ぶりな石が収まるペンダントは飾り気のない上品さがありオシャレだった。ヨルカの好みである大人っぽくもかわいらしいコーディネートにも合わせやすそうだ。

「めっちゃくちゃ似合ってるよ。すごくいい！」

俺は太鼓判を押す。

「ほんとに？　うーん、ちょっと本気で欲しいかも」

「試しにつけてみれば？」

「ダメ。アクセサリーは合わせちゃうと余計に欲しくなるから」

「……なら俺がプレゼントしようか？」

「いいよ、別に。それに案外値段も高いし」

「じゃあ付き合って三カ月記念で」

俺は咄嗟に口実を思いつく。

こういう時のために貯めておいたアルバイト代だ。

「あれ？　わたし達って付き合って何カ月になるんだっけ？」

「どっちでカウントするかによるな。俺の告白にOKしてくれたのが四月頭、そこからだと丸三カ月。恋人宣言の後からを正式な恋人とするなら二カ月強、みたいな？」

「微妙にわかりづらいね」

「告白したのにヨルカがすぐに逃げるから」

「う、嬉しすぎて軽くパニックになっちゃったのよ！　というか、返事を考える時間くらいくれてもいいじゃない」

「あれだけ喜んでいたんだから迷わずＹＥＳなのでは？」

「その一言を、あの場で言葉にするのが大変だったのッ!!」

繊細な乙女心である。

やっぱり男の方がなにかと結果を急ぎがちなのかなと感じる。

「で、どうする？　ヨルカが喜んでくれるなら、プレゼントの理由はなんでもいいんだけど」

「そしたら記念日とプレゼントだらけになっちゃうでしょ」

「そんな遠慮することないのに」

「違うってば。こうやってプレゼントを贈りたいっていう希墨の気持ちだけで、わたしもすごく嬉しいんだからね」

「ヨルカ」

「なに？」

「惚れ直すぞ」

「何度でもどうぞ」

ヨルカは、今では素直に好意を伝えてくる。

物や体験ではなく、気持ちにまず愛情を感じてくれる俺の恋人は素敵だと思う。

うーん、だからこそ余計にプレゼントしたくなる。

とはいえ強引に渡して気を遣わせるのも、かえって悪い気もする。

キスどころかプレゼントのタイミングさえわからないとは、俺も未熟だ。

俺達がひとつのネックレスの前で立ち止まっていると、すかさず店員が近づいていくる。

「お客様。よろしかったらご試着なさいますか？」

「あ、大丈夫です」

ヨルカは秒で心のシャッターを下ろして、その場を離れる。

相変わらず知らない人との会話は得意ではない。

「もしかして店員に話しかけられるのが嫌だから、さっと見て出ていくのか？」

俺は店を出てから訊ねてみた。

「当たり」

「俺も、接客されるのは苦手だから気持ちわかるよ」

「知らない人が側にいられるのが単純に落ち着かないし、話しかけられると急に買わなきゃいけないのかなって緊張するよね。断るのも面倒だし」

「ヨルカは特にそうだろうな」

人に見られるのが嫌いなヨルカからすれば、仕事とはいえマニュアル通りにグイグイと来る店員さんから逃げたくなるのも納得である。

てっきり高そうなお店に慣れているから店を出るのも早いのだと思っていた。実際には俺の知っているヨルカらしく、人見知りが理由であることに少しだけ安心する。


気の向くままにウィンドウショッピングを満喫していると、このあたりには結婚式場も多いことに気づく。ドラマのロケにも使用されるようなオシャレな外観で、ちょうど正装した男女が外に集まって結婚するカップルの門出を盛大にお祝いしていた。

「ヨルカ、あそこで結婚式をやってるな。おー派手」

「ほんと。ウェディングドレスが綺麗」

敷地の前庭では、左右に並んだ参列者が大量の花びらを撒く。

そのフラワーシャワーの中を新郎新婦は幸せそうな顔で歩いていた。

通りがかりの俺達も、なんだか華やかな空気をお裾分けされた気分だ。

「あ。キスした」

感極まった新婦が新郎の頬に唇を寄せた。

冷やかしの声を浴びながらも彼らは人生最高の瞬間のように満ちたりて見えた。

まだ高校生の俺には結婚というイベントをリアルに捉えることができない。

愛する人と病める時も健やかなる時も一緒に生きていく――それを親しい人達の前で宣誓する。

「よく人前でキスなんてできるよね」

ヨルカは結婚式を見ながら、俺よりも冷めた感想を漏らしていた。

「確かに、ヨルカには相当しんどいイベントかもしれないな」と俺も苦笑する。

「ああやって大勢集まって祝福されるのって苦手。すっごい見られるし」

「そりゃ結婚式の主役なわけだし、花嫁は特に見られるだろう」

「なんか、幸せを強制されるみたいじゃない？」

「実際幸せなんだからいいんじゃないの」

「……希墨は、結婚式したいの？」

「まぁ家族のためにはした方が喜ばれるのかなって。俺も親戚の結婚式に呼ばれたことあるけど、結構感動的だったぜ。新郎新婦の家族はかなり泣いてたし」

「ふーん。わたし、結婚式って行ったことないからよくわからないのよね」

「あれ、そうなの？」

「わたし達の年齢なら家族が招待されて一緒に行くくらいでしょ。うちの両親は海外だから、きっと招待されててても参列できないいし、お姉ちゃんはまだ大学生で独身だもの」

「それもそうだな」

身内の結婚か、深い付き合いのある人に招待されなければ高校生が結婚式に出席する機会はあまりない。

「それに来客はご祝儀の出費が痛いし、新郎新婦は準備がすごく大変って聞くけど。そこまでして派手にお祝いされたいのかな」

ヨルカは地球の反対側のイベントとばかりに興味なさげだ。

「世の中には盛大に祝福されたい人が一定数いるんだよ」

「あーそういう意味だと、うちのお姉ちゃんも当てはまるかも。賑やかなの大好きだし」

「さすがに姉の結婚式があれば参加しようぜ」

「するわよ。ちょっと、気は重いけど」

「そこは素直に姉を祝っておけよ。別に嫌いなわけじゃないんだろ？」

「お姉ちゃんのことは好きだよ。だけど、そういう晴れ舞台に駆り出されるのが苦手なの」

「大丈夫だって――その頃には俺もとなりに座ってるかもしれないし」

「え、それって」

ヨルカははっとした表情でこちらを見てくる。

「もちろん、ヨルカが嫌じゃなければの話だけど。あとご家族からのＯＫも」

「気が早いのね」

「付き合ってたらあっという間かもよ」

「春に告白されたと思ったら、もう夏だもんね。希墨といると時間がすぐに経っちゃう」

「なんにせよ、大事なのは当人達が幸せになることだしな」

「そうそう。希墨、いいこと言うね」

「たださ」

ふいに浮かんだ言葉を俺は言うか言うまいか、わずかに迷う。

「どうしたの？　わたし達の間で遠慮はいらないでしょ」

「――ヨルカのウェディングドレス姿は見てみたい」

純白のドレスを纏ったヨルカはさぞや綺麗なことだろう。想像するだけでも美しいのだから、実物はさらに素敵に違いない。

「…………」

「ヨルカ？」

「ず、ずっと、となりを歩いてくれるなら、考えなくも、ない、かも」

顔を逸らしながらも、ヨルカはおずおずと前向きな答えをくれた。

高校生の俺達が語る結婚式など夢物語もいいところだろう。

だけどいつか大人と呼ばれる頃にも、俺は必ずヨルカの横にいたい。そう思った。

「うん。ありがとう」

「わ、わたしも希墨のタキシード姿を見たいだけだから！」

俺は必死に言葉の意味を軽くしようと慌てるヨルカを愛おしく思う。

ファーストキスに悩める高校二年生が、結婚に至るまで道のりは遠いだろう。

今の俺はまだ背伸びばかりだ。緊張することが多いし、知らないこともたくさんある。

それでも俺はこの恋を青春時代の思い出にするつもりはなかった。

いつだってヨルカの想いに応えられる男になりたい。

そう心密かに誓いながら、今はまだ縁遠い結婚式場を通りすぎていった。


太陽はギラギラと燃え、アスファルトの放射熱が空気を容赦なく温める。

都会の夏デートは今や命がけだ。さながらサウナの中を歩くような有り様。

こまめな水分補給や熱中症対策は、どれだけ浮かれていても欠かすことはできない。

「なんか冷たいもの飲みたいね」

「腹も減ったし、どこかでお昼を食べよう」

ランチの時間はとっくにすぎており、そろそろ休憩を入れたい。

ちょうどいい感じのハンバーガーショップを見つけたので、そこに入ることにした。

俺達はクーラーの利いた店内に入った途端、ふぅと息をつく。

涼しい空気がほてった肌に心地よい。

案内された席に着くなり、テーブルに置かれた冷水を俺はすぐに飲み干す。しかもレモン水とは気が利いている。爽やかな冷たさでさっぱりする。

俺はテリヤキバーガーにフライドポテト、コーラの定番っぽいセット。ヨルカはアボカドバーガーにサラダ、ライムソーダを注文した。

料理が来るのを待ちながら、俺はヨルカのお姉さんについて質問する。

「ヨルカのお姉さんって、うちの高校で一年生から生徒会長もやってたんだよな。その伝説の生徒会長の大改革で、体育祭や文化祭が大がかりになったって」

俺達が通う永聖高等学校は進学校なのに学校行事が派手なことで有名だ。

生徒主導で各種のイベントを企画、当日ともなれば下手なテーマパークの一日の来場者数を上回るほどの盛況っぷりだ。

そんな学校行事の規模拡大を成功させたのが、ヨルカの四つ年上のお姉さんだった。

「希墨、詳しいのね」

「神崎先生から聞いたんだよ」

「デート中に他の女の名前を出すなんて。しかも、よりによって、あの教師を」

ヨルカは、担任である神崎紫鶴先生を天敵としていた。

そのせいでクラス委員である俺が、神崎先生と話しているのがお気に召さない。心配しなくても会話の大半は事務的なものだし、残りは大抵ヨルカに関する話題だ。

「ねぇ希墨、夏休みはどうするの？」

「クラス委員の仕事で学校へ行くことはありそうだけど、あくまでヨルカ優先！」

「ほんとうに？」

「もちろん」

俺は力強く断言する。

なにが起ころうとも、ヨルカが一番大事だ。

「ふふ、ありがとう。楽しみだね、夏休み」

ヨルカは眩しすぎる笑顔を浮かべる。

あぁ、俺はこの子と付き合えて幸せだ。

美少女の恋人になれたからではない。自分を心から想ってくれる女の子に好かれているという実感が俺の心を何度でも感動させる。

そうして夏休みの計画をあれやこれやと話していると、料理が運ばれてきた。

遅めのランチで入ったハンバーガーショップだったが、食べ終わってからも話が弾んでしまい新しいドリンクとデザートを注文して、気づけばずいぶんと長居してしまった。

外に出ると暑さは和らいで、ずいぶんすごしやすくなった。

ほんとうはもっと一緒にいたいけど、あまり遅くまで女の子を連れ回すわけにもいかない。

日が傾き、俺達は駅に向かって歩き出す。

今日のデートが終わってしまう。

そんな名残惜しい気持ちでいっぱいになる。次の休日デートはテスト明けだろうから、しばらく間が開いてしまう。学校では顔を合わせるしスマホでいくらでも連絡をとれるが、こうしてふたりだけの時間を満喫するのはやっぱり特別だ。

駅が近づくにつれ、ヨルカは落ち着かない様子で長い髪の毛先をいじる。

いつもならその日のデートを振り返りながら話すのだが、今日のヨルカはやけに静かだ。

俺はヨルカの横顔を見るのが好きだから、それはそれで構わない。

近くで恋人に見惚れていると突然ヨルカは立ち止まる。

「どうした？」

「あっ、あのね！」

「おう」

「ちょっと、耳を貸して」

俺は言われるがままに、膝をわずかに屈めた。

意を決したヨルカは一歩近づき、俺の耳に口元を寄せる。

「よかったら、うちに寄っていかない？　その、今日は誰もいないから」

ヨルカは気恥ずかしそうな声で甘く囁いた。
夏は女の子を少しだけ大胆にさせる。

恋人の家に遊びに行く——しかも、家族はいない。

女の子の部屋で、ふたりきり。

『よかったら、うちに寄っていかない？　その、今日は誰もいないから』

何度も脳内をリフレインするヨルカの言葉。

その先に待っているかもしれない、めくるめく展開にまで否応なく期待してしまう。

えぇ、ちょっとヤバくない。

ファーストキスどころの騒ぎではない。

これは男として完全にネクストレベルに突入するチャンスではなかろうか。

暴走する妄想が先走り続けて、脳内では起こってもいない状況をあらかた済ませて、もはや興奮の山場をすぎて逆に落ち着いてしまった。

「希墨。電車に乗ってから口数少なくない？」

「え？　そう？」

「……体調でもおかしいの？　お水あるから飲む？」

「じゃあもらう」

ヨルカからペットボトルを受け取り、俺はそれに口をつけて一気に煽る。

「あ……」

ヨルカが小さな声をあげた時には、俺はボトルの水を飲み干していた。

「ごめん。ほとんど飲んじゃって」

「いや、それは構わないんだけど……」

「けど？」

「間接キス、してるから」

ヨルカはおずおずとそんなことを言う。

電車の座席に揺られながら、俺達はヨルカの地元駅に向かっていた。

現実味が薄い。

デート中に熱中症で倒れて見ていた夢でした、と言われた方がまだ信じられる。

それくらい気分がフワフワしていた。

今日のデート中、俺はまだキスをできていないことに悩んでいたはずだ。

ところが帰りがけのヨルカの言葉でいきなりの急展開。

どうしよう、まったく準備ができていない。

すぐにでも経験豊富なクラスメイトの七村に、ラインでアドバイスを求めたかった。

だが俺の右手はヨルカと手を繋いでいるので上手くスマホを操作できない。

「緊張してる？」

俺の肩に頭を預けるヨルカは上目遣いに訊ねてくる。

なんで緊張というものは他人に簡単に伝わってしまうのだろうか。

ヨルカにバレている以上、無理にカッコつける方がかえってカッコ悪い。

「正直、すげえ緊張してる。恋人から言われてみたい台詞をデート終わりにいきなり聞かされて、もう幸せの絶頂」

「そっち？　緊張の割に、喜ぶ余裕はあるみたいだけど」

「幸せだし緊張もしてる。心臓の音聞いてみる？　夏フェス開催してるくらい大騒ぎだぞ」

「よくわかんないけど元気なのはよくわかった」

そう言って、笑うヨルカの手が冷たいのは車内の冷房のせいだけではない。

「ヨルカ。勇気を出してくれてありがとう。マジですごく嬉しい。今日もすごく楽しかったから、帰るのが名残惜しかったんだ」

「うん。わたしも同じ気持ち。だから、誘った」

離したくない気持ちを示すように、ヨルカは繋いだ手に少しだけ力をこめる。

「………………」

「急に黙りこまないでよ」

「幸福を噛みしめてるだけだから。ヨルカも積極的になったなって」

「含みのある言い方が気になるんだけど？」

「すげえ褒めてる。恥ずかしがり屋のヨルカが、自分の希望を伝えてくれたんだぜ」

あのコミュニケーションが苦手で、人間不信な高嶺の花がずいぶんと変わった。

俺との恋愛がヨルカの変化に役立っているなら、恋人冥利に尽きるというものだ。

「よかった。女の子から先に言い出したら、はしたないかなって」

「そんなわけないよ。恋人同士いつも対等。そして俺はヨルカにベタ惚れ」

「うん。わたしも好きよ」

微笑みながら答えるヨルカには、付き合う前のコミュニケーションへの過度な緊張はない。心に浮かんだことをごく自然に言葉にできている様子だ。

「ヨルカに特別扱いされて最高。好きな女の子から求められるって素敵」

「もうすぐ期末テストで忙しくなるし、しばらくデートできないでしょ。今日はもうちょっとだけ長く一緒にいたくて」

そんな風に思ってくれるだけで幸せだ。

「ヨルカならテストくらい余裕じゃないか」

「希墨の心配してあげてるのよ。わたしのせいで成績落ちたら申し訳ないし」

その気遣いもかなり愛おしい。

「またテスト前は一緒に勉強しようぜ。中間の時は瀬名会のみんなで集まったけど、今度はふたりだけで。ヨルカに教えてもらえるなら百人力だよ」

中間テストの時は仲のいい友人の集まり――通称・瀬名会のイベントで大勉強会を敢行。

入学以来、不動の学年一位であるヨルカは教え方もとても上手だった。

おかげで、俺も大幅にテストの順位を上げた。

今回はせっかくだし恋人同士、ふたりきりのマンツーマンでみっちり教わりたい。

「それは不可。無理。ダメ」

「なんで？」

これから自宅にお呼ばれされるのに、ふたりだけでテスト勉強はNGとはどういうことだろう。

「……一緒にいたら、勉強なんか集中できる自信がない」

ヨルカは顔を逸らして、そんなことを言う。

おい、俺の彼女はかわいい星のかわいい星人か。

この尊い存在をどうすれば永久保護できるのだろう。

外見のクールな印象に反して、ヨルカは結構甘えん坊だ。

なんだかんだ言ってヨルカも俺と触れ合うのが好きである。

「それは確かに、一理あるな」

いざ他に誰もいない部屋でふたりきりになったら、俺もいつものようにヨルカとイチャつきたくなる。これからは、ただハグしてるだけでは済まなくなるかも。

「だからその分、今日はデートの延長」

俺とヨルカは両想いの恋人で、今日も今日とて絶賛ラブラブというわけだ。

いつもはヨルカを見送るだけの駅に、はじめて一緒に降りた。

ヨルカの家がある駅の改札をふたりで抜けて、歩いていく。

「ここから遠いの？」

「すぐそこよ。もう見えてるし」

ヨルカの言葉通り、駅から近い好立地に彼女の住む高層マンションはあった。

「ここがわたしの住むマンション」

「高い、そしてゴージャス。ドッキリじゃないよな？」

俺は見たままの感想を述べる。それくらい物理的にも値段的にも高そうだった。

「わたしがそんな回りくどいことするわけないでしょ。ほら、行くよ」

ヨルカは俺を引っ張っていく。

高級ホテルのような広いエントランスを横目に、オートロックのドアを抜けてエレベーターに乗る。

ふたりには広すぎる大型エレベーター。

操作盤には地下駐車場や、共同スペースには住人だけが利用できるジムにワーキングスペースまである。そのままモニターに表示される階数はぐんぐん増えていく。

「希墨、もしかして高いところ苦手？」

もう自分のホームで余裕があるのか、ヨルカは落ち着かない俺を面白がっていた。

「いや。高所恐怖症とかじゃないから安心して」

「よかった。うちの部屋から見える夜景は綺麗だから楽しみにしててね」

「そりゃ期待だ」と俺は硬い声でなんとか返事をする。

「誰に会うわけでもないんだから心配しないで。親は海の向こう、お姉ちゃんは大学」

ヨルカのご両親は北米を中心に海外で仕事をされている。

そのため現在は、この東京のマンションにお姉さんとふたり暮らし。理系の大学生で実験や課題で忙しく、研究室で寝泊まりすることも珍しくないそうだ。家にいるタイミングも不規則なので、ヨルカと毎日顔を合わせているわけではないと聞いている。

「どうかな。ヨルカがうちの家に来た時だって映がいたけど」

俺は冗談のつもりで、四月にヨルカが瀬名家を訪れた時のことを引き合いに出す。

急な雨で濡れた身体を拭くため脱衣所へバスタオルを取りに行った。すると風呂上がりの映とうっかり鉢合わせ。俺にとって完全なる予想外。

——しかもヨルカは、妹をなぜか浮気相手と勘違いした。

「だって希墨の妹さんは小学生って聞いてたから。まさか映ちゃんがあんな大人っぽいなんて思わなくて」

「……あれには肝を冷やしたぞ」

「あれより驚くことなんて起きないから」とヨルカが俺の腕に自然に抱きつく。

ヨルカは無自覚かもしれないが、大きな胸が腕に当たっていた。

「その癒し効果は絶大だな。教室でもお願いしたい」

「調子に乗らない」

「ヨルカのケチ。遠慮することないのに」

「わたしはきちんと節度があるの。希墨とは違うんだから」

ヨルカは注意しながらも笑っている。

教室での恋人宣言をして自他共に認める恋人として付き合うようになり、有坂ヨルカの感情表現はほんとうに豊かになった。

去年までは周囲と距離を置くために、凛と澄まして言葉少なだったヨルカ。

そんな彼女も美しくて神秘的だが、今のように色んな表情を見せてくれるのも嬉しい。

恋人の俺だけが、クラスメイトも知らない一面を見られるのはこの上なく幸せだ。

　高校入学当時、他人とのコミュニケーションを避けてきたヨルカに一年近く片想い。やっと告白したものの舞い上がった彼女に逃げられてしまい、二年生の初日にようやく交際スタート。

　内緒で付き合っているのがバレそうになり、振られそうにもなった。紆余曲折を経て、俺の恋人宣言で晴れて公認カップル。そのあとにも他の子に告白されるなど、最初の休日デートが実現するまでにも時間がかかった。

　長いようで短い濃密な時間の中で、色んなことがあったなとしみじみ思い返す。

　そして今日、俺はついにヨルカの家に来た。


「おじゃまします」

　長い廊下を抜けた先、広いリビングは聞いていた通り抜群の眺めを誇った。

　大きな窓から一望できる東京の輝く夜景。

　東京のランドマークを独り占めするようなまばゆい眺望に、ただただ圧倒されてしまう。

「お茶を淹れてくるから、希墨は適当にくつろいでいて」

　キッチンへ向かったヨルカの気配が遠のいたのを確認して、俺は大きく深呼吸した。

　こいつは予想以上にロマンチックなシチュエーションだ。

夏の夕暮れは橙から美しい紫色に変わっていく。

こんな贅沢な空間で恋人とふたりきりの甘い時間をすごせるのか。

ドキドキが止まらなかった。

部屋の真ん中に置かれたソファーはかなりの大きさで、家族四人が全員座っても十分に足を伸ばせる。そりゃ毎日これでは、ふたり掛けソファーなど小さすぎるだろう。

ヨルカを待つ間、窓に近づいて景色で気を紛らわせようとした。

が、期待が膨れ上がるばかりで落ち着かない。高そうなソファーにも遠慮してしまい、腰を下ろすのを躊躇われた。

そわそわしながら部屋を見渡すと、ソファーの上でなにか動く気配があった。

ペットを飼っているような話は聞いたことがない。じゃあ、一体なんだ？

俺は恐る恐るソファーの正面に回りこむ。

そこには、ブランケットを被った謎の物体Xがあった。

背もたれの陰に隠れていて気づかなかった。

「なんだ？　人、なのか？」

一体どこのどちら様だ。

まさかセキュリティ厳重な高層マンションで泥棒が居眠りしているとは考えにくい。

そうなるとリビングのソファーで横になっているのは部屋の住人以外ありえない。

「まさか、ね」

嫌な予感がしつつも、ブランケットの下に潜む物体Xをどう対処すればいいか悩む。

あのヨルカがサプライズを仕込むはずもないから、ここにいることも知らないはずだ。

ふいに視線を落とすと、床に洋服らしきものが散らかっていた。

だがその意味を理解するより先に、俺の近づく気配を察したブランケットががばりと跳ね上がる。

「ヨルちゃんおかえり！　お腹空いちゃってさぁーもう死にそうだよぉ」

「――ッ⁉」

そのまま物体Xの中身が俺の上に覆いかぶさってきた。

驚きすぎて悲鳴さえあげられず、俺は飛びかかってきた物体Xに押し倒される。思い切り首に手を回されて、そのまま床に頭をぶつけた。

だが痛いと叫ぶ前に、さらに謎のやわらかい物体が顔に押しつけられて呼吸ができない。

俺は慌てて顔にまとわりつくような弾力のあるものを押しのけた。

「あん」と妙に色っぽい声が聞こえた気がする。

「っ、なになになに⁉」

ようやく視界を確保するも、ブランケットの下でなにかがもぞもぞと動く。

「ヨルちゃんのエッチ！　あれ、なんかゴツゴツしてるぅ。なんで？」

恐くて身動きがとれない。俺の胸板の上を這う物体Xは寝ぼけた声を漏らす。

「うーん、おっぱいどこー？　お尻はぁ、こっちか？」

遠慮のない手つきで、俺の全身をまさぐろうとする。

「お、俺はヨルカじゃないです！」

身の危険を感じた俺が訴える。

動きはピタリと止まり、覆いかぶさっていたブランケットがパサリとはだけ顔が露になる。

落雷に襲われたような衝撃。

自分の美意識に刺さる対象を目にした瞬間、人はしばしば時が引き延ばされる。

現れたのはヨルカによく似た顔の美しい女性だった。

ヨルカの顔に見慣れているからこそ、俺はその違いを明瞭に意識する。

年齢は二十歳くらい。長い髪、大きな瞳、濃いまつ毛、形のよい眉、高い鼻梁、魅惑的な唇、それらが小さい顔の中に絶妙なバランスで収まる。

化粧をしていないからこそ素顔の際立った美しさに圧倒されてしまう。

こちらの女性はヨルカのもつあどけなさが消えて、美しさがより全面に押し出されていた。

有り体にいえば極上の美女というやつだ。

そんな物体Xあらため——謎の美女と目と目が合う。

俺はその眼差しを知っている気がした。

しかし、一体どこで会ったのかすぐに思い出せない。

「………。どこのどちら様？」

目の覚めるような美人が眠そうな顔でこちらをじっと見てくる。

「こっちの台詞ですッ⁉」

かなり寝ぼけているらしく、俺の言葉をわかっているのかも怪しい。

それどころか、この状況で警戒心やら羞恥心がなぜ働かないのか。無防備すぎる。

「ん――きみ、どこかで会ったよね？」

とろんとした目つきで俺の顔をさらに覗きこんでくる。

このヨルカに似た女性も俺と同じく、こちらに見覚えがあるようだ。

ヨルカに似た美人なら俺が忘れるはずもない。

女性の正体も明らかにしたいところだが――この状況は非常にマズイ。

「あの、とりあえず離れてくれませんか⁉」

ブランケットにくるまれた女性に押し倒されたままの俺は懇願する。

「待って。もうちょい。もうちょいで出てきそうだから」

「せめて俺の上以外で考えてください！」

寝ぼけて人の話が聞こえていないのか、女性は自分の記憶を辿るのに忙しく動く気配がない。

男に馬乗りのまま考えこむなんて一体どれだけ図太い神経なんだ。

はじめて恋人の家に上がったら違う女性に跨られる異常事態。

ふいに、ここまでゴーイングマイウェイな人にひとりだけ心当たりがある気がした。

「あーわかった！　きみ、スミくんでしょう！」

答えがわかったとばかりに女性は、眠気も覚めて晴れやかな表情ではしゃぐ。

「スミくんって、確かに俺の名前は希墨ですけど……」

いきなり自分の名前を呼ばれて、俺はいよいよ狼狽する。

しかも、ちょっと懐かしい呼ばれ方。

「きみは瀬名希墨。うんうん、完全に思い出した。久しぶり、元気してた？」

先に得心がいった女性は満足げに頷く。あたかも道の真ん中ですれ違ったノリで気軽に挨拶してくる。いや、おかしいから！

「な、んで、俺の名前を知ってるんですか？」

俺は相手の正体を慎重に探る。

「えー私のこと覚えてないの？　あんなに情熱的な時間をふたりですごしたのにぃ」

そんな思わせぶりな台詞を言われたところで、身に覚えがなさすぎる。

人間って実際にラッキースケベな展開に遭遇すると喜ぶより先に怯えてしまう。

呑気に鼻の下を伸ばせるラブコメ主人公とかヤバすぎるでしょう。

「だ、誰……？」

「まだわからないの？　じゃあ特別にヒントをあげよう。きみを第一志望の永聖に合格させたのは、どこの誰でしょう？」

受験を想起させる単語。

途端に忘れていたはずのトラウマが突如フラッシュバック、ぶるりと身体が震える。

「まさか――いや、そんなはず……」

記憶の中の思い当たる人物と、このヨルカ似の美女は上手く結びつかない。

中学生の俺が教わった塾講師はオシャレや華やかさとは無縁の冴えない人だった。

いつも髪はボサボサ、服装は適当、顔には眼鏡とマスクで――そういえば、あの人の素顔をまともに見た記憶がないな。

「やだなぁスミくん、とぼけちゃって。駅前の日周塾での日々を忘れちゃったの？」

だが外見の違いは置いておいて、この押しの強さと陽気さは紛れもなく彼女そのもの。

日周塾とは俺が高校受験のために、中学時代に通っていた学習塾の名前だ。

そこで教わった塾講師のスパルタ指導のおかげで永聖高等学校に合格することができた。

恩人である講師の名前は確か――有坂だった。

俺の恋人は有坂ヨルカ。

そして、ここにいる女性の名前は――

「あ、有坂、アリア、さん」

恐るべき偶然の一致に、俺は震える声でなおも再確認する。

「え、ほんとうに、アリアさんですか？　あの、恐怖の大魔王ッ」

スパルタ講師に対する昔の呼び方が口からこぼれる。

初対面からマスクと白衣、その下の野暮ったい格好をした地味な塾講師。その開口一番の絶対服従宣言だけは俺は一生忘れない。

『オッケー、きみの望みは叶えよう。私のことはアリアさんって気さくに呼んでね。仲良くしようじゃないか。あ、言うこと聞かないと見限るし、逆らうなら容赦なく課題増やすよ。合格したいなら死ぬ気でついてきてね』

ろくに素顔も晒さぬ謎の塾講師の明るく尊大な言葉に、最初はすごく半信半疑。

だが、その指導力は本物だった。

「恐怖の大魔王なんて失敬だな。きみを合格させるための課題をあたえてただけじゃないか。それにしても懐かしい。スミくん、大人っぽくなったね」

俺にとっての恩師──有坂アリアさんはしみじみと感慨に浸っている。

「あの、アリアさんの名字は有坂なわけで。つ、つまりはヨルカの……」

「うん。ヨルちゃんのお姉ちゃんだよ」

俺の上からクールな声での自己紹介。困惑しかない。

どうしてこの人はいつだって無難なコミュニケーションができないのか。

常に押しが強く、容赦なく自分のペースに周りを巻きこんでいく。

再会に気をよくしたアリアさんは、昔と同じノリでよくできましたとばかりに俺の頭を撫でてくる。

よもや、あの恐怖の大魔王がヨルカの実の姉という衝撃の事実。

俺はいまだに動揺を隠し切れない。

「俺の名前なんかよく覚えてましたね」

自慢ではないが人の印象には残りにくい方だ。

地味で目立たず、とりたて特徴らしい特徴がないから他人の記憶から忘れられやすい。

アリアさんとは約二年ぶりの再会で、俺は数いる塾生の中のひとりにすぎない。まさか覚えているとは思わなかった。

「そりゃスミくんは手塩にかけて教えた生徒だったからね」

「だから、あんなイジメられたんですか」

「心外だな。ただの熱血指導だよ」

「あれで、ですか」

俺は過去を思い出して、顔を引きつらせる。

「――ところで、スミくんがなんでうちにいるわけ？　泥棒？」

「なわけあるかッ！　ヨルカとのデート帰りに寄ったんです」

「……ヨルちゃんの彼氏、ほんとうにスミくんなんだ」

ん？　なんか今の反応はおかしいぞ。

俺はその違和感の正体を掴むために、考えこもうとした。

「あれぇ、スミくんなんか緊張してない？　もしかして私に興奮してる？」

「この状況で余裕ぶれるほど、大人じゃありませんから！」

アリアさんがわざとらしい言い回しをするせいで、俺の思考は遮られてしまった。

「希墨？　さっきからなにを騒いでるの——」

様子を見に戻ってきたヨルカ。瞬間、世界の終わりを目撃したみたいに絶句する。

「ヨルちゃん、おかえり」

俺が、ソファーの側に落ちていた衣服の意味を理解した時にはもう遅い。

アリアさんが手を上げた拍子に、彼女の被っていたブランケットが肩からするりと落ちる。

下着を身につけていてくれたのがせめてもの救いである。

さすが、同じＤＮＡ。しかもヨルカよりさらにご立派なおっぱい。

「——アリアお姉ちゃん、なんで家にいるの？」

ヨルカの表情は引きつり、声は裏返っていた。やはり姉の帰宅を知らなかったようだ。

「きょ、今日は帰らないって言ってたよねッ？」

「実験がトラブって延期になってさ。やることないから帰ってきたの」

姉の居ぬ間にこっそり彼氏を連れてきたつもりが、まさかの鉢合わせ。

地獄である。

ヨルカは自分の大胆な行為がいきなり身内にバレて、羞恥心で爆発しそうだった。

「しっ、しかも一体なにやってるの？」

その上、リビングで下着姿の姉が自分の恋人を押し倒していれば混乱もする。

「ねぇねぇ、ヨルちゃんの彼氏ってスミくんだったんだね！　昔の教え子が妹の彼氏になるなんてすごい偶然！　スミくんもスミくんで有坂って同じ名字なのに、私がヨルちゃんの姉だって気づいてなかったんだよ！　超ウケる。そういうところ、中学生の頃と変わってないよねぇ。微妙に抜けてるというか、脇が甘いというかさ」

俺の上で、ヨルカの姉である有坂アリアはやたらはしゃいでいた。

「いいからお姉ちゃん、希墨からどいてよ！　なんで乗ってるの！」

「ヨルちゃんを驚かそうと思ったら、不思議とスミくんだったんだよね」

そもそもサプライズで人を押し倒すのはどうかと思う。

「ていうか服！　服着てよ！」

「えーいつものことじゃん」

「今は希墨がいるでしょう！」

どうやらアリアさんが下着姿のままソファーで寝ているのは日常茶飯事らしい。

四歳年上の姉は、妹よりかなり生活態度がズボラなようだ。

ヨルカの高い家事スキルは、このマイペースな姉との生活で培われたものなのだろう。

「寝るなら自分の部屋で寝なよ！　また床に脱ぎ散らかして」

「全裸じゃないいんだからセーフ」

特に気にもとめないアリアさんははだけたブランケットを羽織り直し、俺の上からどいた。

俺も無実をアピールするように素早く立ち上がり、窓際まで身を引く。

「今日は絶対にアウト！　希墨の目にも毒！　痴女なの！」

「別に見られて恥ずかしい身体はしてないよ。減るもんじゃないいし、せっかくなら彼の意見を聞こうか？」

言うや否やアリアさんはソファーの上に颯爽と立って、ばーんとブランケットを脱ぎ捨てた。

アリアさんの自信を体現する肉体は、細身ながら起伏に富んでおりスタイルは抜群。

大理石の彫像にも負けない芸術的プロポーションが惜しげもなく晒された。

「なんでそうなるッ」

「ダメに決まってるでしょ！　お姉ちゃん大胆すぎるから！」

俺とヨルカの悲鳴じみた声をアリアさんは意に介さない。

アリアさんには相手の意思確認をするという過程が決定的に抜けているような人だった。

自分の意思こそが最優先、そして発言や行動に迷いがない。

結果、周りが慌てて対応に追われる羽目になる。

ヨルカは秒速で姉をブランケットで密封。

「見た？」

ジロリと俺を射殺さんばかりに睨んでくる。眼力が鋭すぎる。

「記憶からすぐ消した！」

「ほんとに？」

「前に見た時も自己申告した！」

思い出される去年の今頃。

はじめて美術準備室に入った日のことだ。落ちてきた絵からヨルカを庇った拍子に押し倒してしまった。怒ったヨルカが鋭い蹴りによる壁ドンをした結果、俺の目線の先でスカートの中身が御開帳。あの大胆な光景は鮮烈に焼きついている。

……あの日のことは忘れるって約束したけどいまだに忘れられません。すまん。

この姉妹は俺の人生において強烈な瞬間を刻みすぎだ。

「そ、それもそうね」

俺のヤケくそな反論に、ヨルカも思わず納得してしまう。

「へぇヨルちゃんの下着くらいは見てるんだぁ。やるぅ、さすが彼氏」

「違うってば！」「事故です！」

ヨルカと俺は慌てて否定する。

「私のいない間に彼氏を連れこんだことはパパとママには内緒にしてあげる。朝帰りだって、私は黙ってるんだから安心して」

アリアさんは非常に含みのある笑いで、俺達を見てくる。

「い、いいから部屋で着替えてきて！　今すぐ！」

「スミくーん。積もる話もあるから帰らないでよ。ちょうどきみにお願いもあるからさ」

「わかりましたから、早く行ってくださいッ！」と俺も退室を促す。

ヨルカは、アリアさんを強引にリビングから追い出した。

恋人の姉が俺にとって中学時代の塾講師という衝撃。

俺はこの再会にただただ驚くばかりで、アリアさんの「お願い」がとんでもなく複雑な事態を引き起こすとは思いもよらなかった。

いつの間にか窓の外は陽が沈み、夜景がキラキラと光る。

だが、もう恋人と甘い雰囲気に浸れるような雰囲気でもない。

アリアさんがいなくなるだけで、嵐が去ったようにリビングが静かになる。

あたかもパーティーの主役が帰ったあとのような空気だ。

「ヨルカってお姉さんとふたりだとあんな賑やかなんだな」

「実の姉が自分の彼氏に裸同然で触れ合ってたら止めるでしょ。それとも放っておいた方がよかった？」

ヨルカはいつになく冷たい声で問う。

あ、本気で怒ってる。この腹の底から不機嫌な感じは付き合う前のヨルカを思い出す。

考えてみれば、最初の愛想のないヨルカに俺は惚れたわけだから今となっては懐かしい。

「触れ合ってない、一方的に押し倒されただけ！　ヨルカと険悪になる状況なんて心の底から願い下げだから」

「ちゃんと理性は残ってるみたいね」

「本能のままに突っ走ってたらどうするつもりだったんだよ」と、俺はありえないとばかりに笑い飛ばす。

「――お姉ちゃんに手を出す相手は誰であろうと容赦しないから」

目がマジだった。

なのに口元だけが笑ってる。

俺が別の女の子に告白されていた時でさえ、こんな冷たい怒り方をしたことはない。いつものように衝動的に感情を爆発させるのとは真逆。

ヨルカのはじめての一面を垣間見た。

彼女にとって姉の有坂アリアはかなり特別な存在のようだ。

「さぁ、希墨答えて。お姉ちゃんは、なんで希墨にあんな親しげなの？」

取り調べをするかのようにヨルカは冷徹な態度で俺を見つめる。

「……ん、ん？　なんだって？　もう一回頼む」

俺の聞き違いか？　ヨルカの質問がどこかズレているように感じた。

「希墨、答える気がないの？　それともお姉ちゃんとの間に言えない秘密でもある、とか？」

小首を傾げるヨルカ。

長い髪が彼女の顔にかかり、半分ほど表情が隠れてしまう。

これ映画とかなら、返事を間違えたら殺されるパターンだよね。

「待ってくれ。ヨルカはさ、俺とアリアさんの浮気を疑ってるわけじゃないよな？」

「はぁ？」

ごめんなさいッ、そんな睨まないでください。

「希墨が浮気するわけないでしょ。それともお姉ちゃんが綺麗だからって、まさか……」

「それはない！　断固ない！　絶対的にありえないッ！」

「うん、そこだけは心配してないから」

俺は即座に否定すると、ヨルカも素直に頷く。

その信頼はとても嬉しい。

「それに、あのお姉ちゃんが希墨を男扱いするとは思えないもの」

清々しいほどの断言。言い返すべきところかもしれないが、俺も素直に納得してしまう。

あの人は別世界の住人だ。天に輝く一番星。滅多に会えないスーパースター。

そんなアリアさんのお眼鏡にかなう相手なぞ、それこそとんでもないハイスペックな超人だろう。

俺のような凡人など最初から対象外である。

寝起きとはいえアリアさんが裸同然の格好で慌てずにいたのも、俺をなんとも思っていない証拠だ。

「えーっと、じゃあ浮気を疑ってないなら、どうしてそんなに怒ってるの？」

浮気を疑われていないことに安心する一方、ヨルカの怒る原因にさっぱり心当たりがない。

俺は耳を澄ましてヨルカの言葉を待つ。

「私は、どうして希墨がお姉ちゃんに気に入られてるのかって訊いてるのよ」

ヨルカの剣幕に俺は思わず腰が引けてしまう。

「……え、そっちなの!?」

「なんで希墨がそんなに驚くのよ」

俺の反応がお気に召さないヨルカはさらに機嫌を悪くする。

「気に入られている？　俺が、アリアさんに？」

「そうよ。どう見ても、お姉ちゃんは希墨のこと気に入ってる」

俺の恋人は静かに高圧的だった。

「俺がアリアさんと密着していたのに腹を立てているなら、素直にわかるよ。俺だって恋人が他の相手とくっついていたら絶対嫌だ」

「それは当然でしょう。希墨、しらばっくれてはぐらかそうとしてない？」

あれぇ、俺の反応がおかしいのか？

あまりにヨルカが揺るぎないせいで、自分の受け取り方が間違っているのかと疑ってしまう。

「ヨルカ、整理をさせてくれ。真面目な質問だ。いいか？」

「仕方ないわね」

俺の反応の悪さに、ヨルカは渋々了承した。

「ヨルカは、お姉さんが俺に親しげな態度をとっているのが気に入らないんだな？　仲良しに見えてると」

俺はくどいほどに言葉をかみ砕く。

「最初からそう言ってるってば」

「よし。それだと、ヨルカが俺に嫉妬してることになるのだが」

「いちいち気にしてることを指摘しないでよ。嫌味なの？」

「え……えぇ」

斜め上をいくヨルカのシスコンっぷりに脱力するしかなかった。

要するに大好きなお姉ちゃんが自分以外に構っているのが気に入らないようだ。

姉への愛情が強火すぎる。

高校生にもなって実の姉にこれだけ純粋無垢な気持ちを寄せられるのは、かなり珍しいのではなかろうか。なんだか自分の妹の真っ直ぐさを思い出させた。

「とにかく、お姉ちゃんと仲良くするのは許さないんだからね！」

ビシリと俺に指をつきつけるヨルカさん。

「……まさか俺がヨルカに嫉妬される日がくるなんてなぁ」

恋人は、俺がお姉さんと親しいことがご不満だった。

先ほどまでアリアさんに馬乗りにされた時とは違う意味で混乱する。

この美人姉妹はどこまで俺を翻弄すれば気が済むのだろう。

「だって、お姉ちゃんと希墨が親しいのに腹が立つんだもの！　悪い⁉」

「悪いというか、単純にわからん」

「いい機会だから、わたしのお姉ちゃんがいかに特別か説明してあげる」

俺はソファーに座らせられる。

ヨルカは目をキラキラさせて、姉について立ったまま熱く語り出す。

「お姉ちゃんはわたしの憧れで目標なの！　ずっとお姉ちゃんみたいになりたくて、なんでも真似してきた。いつも一番で、美人で、どんなことも簡単にできるすごい人。完璧で苦手なことなんてないんだから」

いきなり褒め全開。ここまで照れなく自分の姉を賞賛できるのがすごい。

「さっき下着姿なのを、ヨルカに注意されてなかったっけ？」

「お姉ちゃんはいつも全力で、力尽きると電池が切れたみたいに動けなくなるの。だから周りがフォローするべきなのよ」

これはあれだな、好きな人の短所もかわいく見えるパターンだ。

俺がヨルカに対して感じるのと同じやつである。

「じゃあ、注意するの含めてあのお姉さんの世話するのが好きなのか？　大変じゃない？」

「家事するのは好きだから、むしろ自分でやれて嬉しい」

「めちゃ尽くしてるじゃん！」

「単に綺麗好きなだけよ」

ヨルカは平然としている。

俺は学校の音楽室にあるようなグランドピアノまで置かれた広いリビングを見渡す。どこもかしこもピカピカだ。部屋数だってかなりの数もあるのに、ヨルカひとりで綺麗に保っているとは驚きである。

「あの自堕落そうな姉を甲斐甲斐しく世話するとは」

「ちょっと、お姉ちゃん批判は認めないから」

迂闊な発言は即座に咎められる。お姉ちゃん警察がここにいた。

「えーと、じゃあ具体的に、アリアさんのなにがすごいの？」

「そんなこともわからないの？」

信じられないといった顔で俺を見てくる。

「ヨルカより早く生まれた以外、違いが正直わからん。なんで、そんなに憧れるの？」

俺からすれば、どちらも優秀な美人姉妹。性格が正反対くらいしか違いを見出せない。

「小さい頃のわたしって結構泣き虫だったの。親が仕事で家にいないから、甘える相手がお姉ちゃんだけ。些細なことでよく泣いて、そのたびにハグして慰めてもらってた。お姉ちゃんと離れるのが嫌だったから、あの頃はいつも一緒だったのよ」

「小さい時からかなりお姉ちゃんっ子だったんだ」

ヨルカは、はにかみながら頷く。

「小学校に上がるとね、お姉ちゃんがすごく目立つ人だから下の学年にもいろいろ聞こえてくるのよ。すごいねって言われるたびに自分も褒められた気がして嬉しかった。だから、わたしもお姉ちゃんみたいになりたいって思うようになったの」

年の離れた下の子が、上の子の真似をするのは珍しいことではない。

特に有坂家では姉妹ふたりきりの時間が多かったから、アリアさんがヨルカの一番の見本になるのも自然な流れだろう。

「お姉ちゃんがやったことはわたしもなんでも真似してやってみた。高学年の時は委員会とか自分で立候補してたのよ」

「今のヨルカじゃ考えられないな」

わたしもそう思う、とヨルカは苦笑する。

「それで入れ違いで入学した中学校には、卒業したお姉ちゃんの伝説がいっぱい残ってるの。いわゆる教師の手を焼かせる優等生ってやつ？　まぁ学年トップで美人だからモテたし、行動力もすごいから学校行事では必ず目立つ、常に話題の中心にいた中学三年間だったみたい」

「あー想像つくわ。なんか紙一重で問題児っぽいところもアリアさんっぽい」

「お姉ちゃんを理解できない方がおかしいのよ。凡人（ぼんじん）どもめ」

姉のことになると人が変わったみたいに過激なヨルカ。

「じゃあ、ヨルカも妹ってことでかなり注目されただろ？」

「うん。なんか一方的に周りがわたしを知ってるみたいで気持ち悪かった。わたしはいいからお姉ちゃんを褒（ほ）めなさいよって」

中学生ヨルカはすでに人嫌（ひとぎら）いの片鱗（へんりん）を見せているが、当の本人はいまいち気づいていない。

「そりゃ、プレッシャーで大変だったな」

「むしろお姉ちゃんの伝説を絶やさないことがわたしの使命だって気づいたわ」

「姉を崇拝（すうはい）しすぎだろ！」

布教活動に余念がないッ⁉

「わたしにとってお姉ちゃんは、神みたいなものよ」

「あんな下着姿でリビングをうろつく神様とか、ちょっと格が下がるんですけど」

「そうよ。だから、お姉ちゃんのあられもない姿はわたしだけが見られるの。なのに希墨（きすみ）も勝手に見るなんて」

チッ、と舌打ちされる。

あの怒りは独占欲を拗らせた結果か。どんだけシスコンなんだ。

「で、中学ではどうなったの？」

俺は怒りが再燃する前に、先を促す。

「結局、お姉ちゃんとの差を味わう挫折の日々だったわ。真似をすればするほどお姉ちゃんを知ってる上級生や教師から『妹はふつうだねぇ』って言われるのよ。頭にくる！」

「それはむしろ褒めてるのでは……」

俺はなんとなくそう思った。必要以上に事を荒立てずそつなくこなせるヨルカの方が優等生としてありがたがられる気がする。

「どこがよ⁉」

だが、当の本人はご不満のようだった。

思いこみの激しさは若さゆえかもしれないが、いまだにこの熱量で姉を理想化して語れるのはすごい。

「……けど、わたしも自分に対して同じこと思ってたからさ。お姉ちゃんと比べたら、確かに大したことないよねって」

「ヨルカは自分を過小評価しすぎだって。アリアさんと比べたら、誰も勝てないから」

「わたしも中二くらいでようやく気づいたの。憧れを目指すほどその偉大さと、自分との遠さを嫌というほどにね」

俺は、ようやく今のヨルカに繋がる気配を感じ取る。

「ずいぶんと時間がかかったな」

「お姉ちゃんの方から『私の真似はもうやめて』って何度も忠告されてはいたから」

「怒られたけどやめられなかったんだな」

俺は直感でそう指摘する。

「だってお姉ちゃんって目標を失ったら、わたしどうしていいかわかんないし……」

目標を見失うと人は迷子になってしまう。

特にヨルカの場合、自分の憧れの人から直接ダメ出しされてさぞやショックだろう。

「ヨルカも不器用だよな。余計に固執して、さらに怒られたんだろ」

「うん。相談するたびに注意された」

「最後はどうした？」

「あの頃のお姉ちゃんも高校でものすごい忙しくしてて、わたしと話す時間もどんどん減ったの。で、珍しく文句をお姉ちゃんに言ったのね。どうして一緒にいてくれないのって」

「シスコンらしい発言だな。それで返事は？」

「『彼氏との時間が大事だから仕方ないでしょう』って」

「え、アリアさん彼氏いたの⁉」

そっちもかなり衝撃だ。あの人のお眼鏡に叶う人類とは一体何者なんだ。

「でしょう！　わたし、ショックすぎてなにも手につかなくなっちゃってね。もうどうでもいいやって」

「ずっと甘えていた姉が自分より他の男を選んだことに傷ついたわけだ」

家族より恋人を優先。いかにも思春期っぽい。

「き、希墨だって映ちゃんが高校生くらいになって急に恋人をつれてきたら絶対に凹むから」

「そんなわけ――……、ッ」

想像して、俺は思わず顔を伏せてしまった。

「確かになんかモヤモヤする」

「でしょ！　家族なのに知らない部分ができて、こう想像力だけ空回りしちゃうみたいな」

ヨルカは当時の葛藤をいまだに忘れられていないようだ。

「めちゃくちゃ尊敬して理想化していた姉の急に生々しい一面を突きつけられたら、ぜんぶ嫌になってしまったと」

「しかも、その相手がちょっと特殊というか複雑というか……」とヨルカは急に言い淀む。

「あれ、あんまり掘り下げたらマズイやつ？」

ちょっと気になる。

「とにかく！　そのうち気楽に声かけてくるクラスメイトも鬱陶しくて、勝手に見られるのも嫌になって。そもそも人と接するのがストレスの原因だってようやく気づいたの」

本人的には大発見のつもりなのだろう。

かくして俺の知ってる人間不信な有坂ヨルカのできあがりというわけだ。

「で、高校でもコミュニケーションを避けるようになったわけか」

「そう。誰かさんがしつこく美術準備室に通うようになるまではね」

ヨルカと目が合い、俺達は吹き出すように笑った。

「ヨルカ、そろそろ座ったら？　立って説明も疲れただろ？」

「敵と慣れ合うことはできない。最悪、希墨を蹴落とさないといけない瀬戸際なのよ」

ワオ、超マジ顔。まだ俺を敵視しちゃっているよ。

「どんだけアリアさんの存在が偉大なんだよ」

「その、気安くアリアさんって呼ぶのも気に入らない」

姉ガチ勢は呼び方にもすげえ細かかった。

「じゃあ、となりに座ってくれないとお姉さんとの関係は説明しない」

「それズルい！」

「あー近くにいてくれないと話せないなー」

俺は自分のとなりをポンポンと叩き、ヨルカの着席を促す。

廊下の方を気にしつつ、ヨルカは俺の横に座った。

途端、罠にかかった獲物を逃がさんとばかりに思い切ってヨルカの肩を抱く。

「ちょ、ちょっと。ここ家だから！」

姉の存在を気にして、ヨルカは必死に声を抑える。

「内緒話をするなら近い方が話しやすいし」

「リビングなのにマズいってば。お姉ちゃんだって、いつ戻ってくるか」

「じゃあヨルカの部屋に移動する？」

「それは、その……」

「俺は構わないけど」

「希墨のエッチ」

「話をするだけだって」

「……それだけで、済むの？」

ヨルカは上目遣いに問いかける。

モジモジしていたヨルカは抵抗をやめた。

「何度も言ってるし、これからも変わらないけど、俺が一番好きな女の子は世界で有坂ヨルカだけなの。ヨルカ以外の人に心移りするなんてありえないから」

「うん、ありがとう。希墨」

ヨルカは戸惑いや強張りを解いて、いつもの落ち着きを取り戻す。

「——だけどお姉ちゃんと知り合いなんて聞いてない。詳しく説明して。場合によってはタダじゃすまないからね」

表情は微笑のまま。再び背筋の凍りつきそうな声で俺に詰問する。

強火なシスターコンプレックスをこじらせた妹に、俺は事実を述べた。

「ゴールデンウィーク前に、みんなでカラオケに行ったろ。その帰りに、駅前の日周塾について説明したの覚えてるか？」

「うん。頼りになる講師のおかげで永聖に合格したんだよね」

「その塾講師がアリアさん。俺も今さっき思い出した」

「ふつう、わたしに説明している最中に気づくでしょ。同じ有坂なんだからさ」

「ごもっともで。けどあんまりにもトラウマすぎて、脳が存在含めて思い出を消去してて」

「お姉ちゃんから教わっておいて贅沢な」

「あのな、受験期間なんて勉強漬けの変わり映えない毎日なんだぞ。それ以外に現を抜かしてたら永聖に合格なんてしてない」

俺はちょっとだけ強めに言い返す。

残念ながら俺は放っておいても勉強ができるタイプではない。努力しなければ成績も伸びないし、目標が実力より遥かに高い以上、割と死ぬ気でがんばらないといけなかった。

「ねぇ、希墨はどうして永聖を受験したの？」

「近いから」

「なんか誤魔化してる気がする」

「ほんとうだって。どうせ三年間通うなら近い方が楽だろ。そこでアリアさんのスパルタ指導で、なんとか合格したわけ。あの頃はアリアさんの無茶ぶりをこなすのに毎日必死で、楽しい思い出なんて特にないんだよ」

「へぇ……でも講師と塾生の関係なのに下の名前で呼ぶんだ。お姉ちゃんも『スミくん』ってずいぶん親しげだし」

恐い。ヨルカさん、メッチャ恐い。

ジェラ、っと嫉妬の炎がメラメラ燃えているのがわかる。

「自分のお姉さんならよく知ってるだろ。あの人、誰にでも超フランクに接してくるじゃん。アリアさんと俺は純粋に講師と塾生」

「けど恋人の姉が塾の講師だったたってそんな偶然ある？」

ヨルカはやはり腑に落ちない様子だ。

「当時と印象が違いすぎるんだよ。俺の知ってる有坂アリアは、あんな美人じゃない」

「お姉ちゃんは昔から綺麗よ」

ヨルカはムキになって反論した。

へそを曲げたヨルカは同級生なのに、なんだか小さい女の子に見えてくる。

「大好きなお姉ちゃんにとって、俺は無害な存在だから安心しろって」

俺がそっと髪に触れるのをヨルカは拒まなかった。

しばらくそうしていると、ふいに俺の恋人はかわいらしいことを呟く。

「……お姉ちゃんがわたしより先に希墨に会ってたのも、なんか悔しい気がしてきた」

「遅ッ。ふつうはそっちの反応が先に来るもんだけど」

「いいでしょう！　どっちも大事な人なんだからッ」

ヨルカが八つ当たりするように、俺のことをポカポカと軽く叩いてくる。

「叩くなって。痛いから」と俺はヨルカの手首を摑む。

「希墨、離して」

「嫌だ」

「なんで」

「俺が、ヨルカの一番になりたいから」

俺は身体をヨルカの方に寄せる。

「とっくに一番よ」

「もっと、実感したい」

ヨルカの顔を覗きこむように近づく。

「どうするの？」

「たまには言葉以外で確かめたい」

手首を掴んでいた手を滑らせて、指と指を絡ませながら彼女の手を握っていく。

「恥ずかしい」

「じゃあ目を閉じて」

ガチガチに強張っていたヨルカの細い腰に、そっともう一方の手を回した。

「くすぐったい」

「力を抜けばいいさ」

ヨルカは素直に従い、呼吸に合わせてゆっくりと胸を上下させながら身を預けてくる。

「……わたし、はじめてだからよくわからない」

「俺も」

「やさしくね」

「わかった」

そう言って、ヨルカは目を閉じた。

今朝見た夢とは違う。触れるヨルカの温もりが確かにあった。

俺は、現実でふたりの距離を埋めようとして——

「じれったいな。はやくキスしちゃいなよ」

扉の隙間からこっそり顔を出して、アリアさんがめっちゃ見ていた。

息をひそめて、瞳に好奇心の光を輝かせてじーっと俺達のやりとりを観察していた。

というかあんなオーラのある人がコソコソ隠れたところで目立って仕方ない。

「アリアさんッ！」

「いやぁーあまりの初々しさに待ち切れなくてさ。つい声が出ちゃったよ」

「お、お姉ちゃん！　いつから見てたの？」

ヨルカも慌てて、俺から距離を置く。

「『希墨、離して』のあたりから」

「そこから⁉」

ほとんどキス寸前までのやりとりを丸ごと見られていたのか。恥ずかしい。

しかも、わざわざヨルカの真似をして雰囲気まで出すな。似すぎてるんだよ。

「もーう長いってば、焦らしすぎ！　流れに任せて唇奪いなって。考えすぎだよ！」

「なんで邪魔した張本人にクレーム言われないといけないんですか……」

俺はなんだか釈然としない。

身内がキスする瞬間って結婚式でもない限り、目撃したいものなのか。それとも姉妹同士だと、そういうガールズトーク的なノリで赤裸々に共有しても問題ないのか。

いや、ヨルカの絶望感に満ちた顔を見れば、そうでもないようだ。

「仕方ない。どうぞ気にせずワンモアトライだ！　今度こそ黙って見守っているからさ」

「見るな！」

　ヨルカ、ついにキレる。

「いやぁー彼氏の前だとあんな素直にワガママを言えるんだね」

　アリアさんはデニムのショートパンツにキャミソールというラフな姿で現れる。

「お姉ちゃん、男の人の前なんだから、露出を抑えた服を選んでよ」

「ネグリジェじゃないだけマシじゃない？」

「それは絶対ダメ！」

　アリアさんのお腹が空いたとのことで、リビングからダイニングへと移動する。

　実質ふたり暮らしにも拘わらず、長方形のテーブルは大きい。椅子もたくさん用意されており、ちょっとしたパーティーが気軽に行えそうだ。

「……いや、なんでナチュラルに俺の横に来るんですか？」

「え、この方が話しやすいじゃん」

　俺が適当な椅子に座ると、アリアさんは俺の右どなりの椅子にやってくる。

しかも等間隔に置かれているのを、肩がつきそうでつかない距離感まで椅子を寄せてきた。

「お姉ちゃん、希墨から距離とって」

キッチンから飲み物やパン、フルーツやハムなど手軽に食べるものを持ってきたヨルカは、その座り位置を見て不満げだ。

「居残りで個別指導してた時もこう真横で教えてたよね」

最初から一切動く気のないアリアさん。

ヨルカは俺をはさんで姉と反対側に座る。

「両手に花だね、スミくん。いつから姉妹を手玉にとる悪い男になったんだい」

「希墨。お姉ちゃんからは極力離れて」

「それってヨルちゃんの方に抱きついてってこと？　積極的だね」

「そういう意味じゃなくて!?」

からかう姉、からかわれる妹。

俺は美人姉妹を両脇にはべらせるという男冥利に尽きる状況。

どうせなら楽しみたいところだが、片方は美人の形をした恐怖の大魔王だ。

「ほら、スミくん。皮をむいて」と俺に真っ赤な林檎と果物ナイフをすすめてくる。

「自分でやってくださいよ」

「人にやってもらうのが私は好きなの。お願い」

「お姉ちゃん！　わたしがやるから」

姉ガチ勢は率先して、林檎の皮をむきはじめる。その手つきは慣れたもので、スルスルと皮が途切れることなく伸びていく。

俺は、ここでようやく聞きたかった質問をする。

「ていうか大魔王は見た目変わりすぎです。その大変貌ぶりはなんなんすか⁉　昔は変装でもしてたとか？」

ラスボスの第二形態くらい外見の印象がまるで違う。

あの冴えない塾講師の面影はどこに消えた。

マスクの下にヨルカに勝るとも劣らない美貌が隠れていたなど、当時の俺はまったく気づきもしなかった。

「塾講師の時もただの私服。高校生と違って、大学生になると制服ってなくなるでしょ？　毎日違う服選ぶのだるいじゃん。どうせ研究室に泊まりこみで実験ばっかりだから見た目なんて気にする必要もないし。化粧も面倒だから、マスクと眼鏡で顔を隠せばいいかなーって」

「適当な理由な上に、ラフすぎるッ」

どれだけ見た目は美人でも、中身は俺の知ってる塾講師だ。

「そーいうスミくんだって、有坂って名字、私に似た類稀なる美貌。ふつうはヨルちゃんが私の妹ってピンとくるでしょう」

「問題集を解くのに必死で、アリアさんの顔を見る暇ありませんでしたから」

「まぁ私に見惚れてたら、永聖に合格なんて絶対不可能だったもんね。入塾時のきみは見込みがないくせに、目標だけはやたら高めだったし」

アリアさんは手についたジャムをぺろりと舌で舐める。

「あぁ、忘れていたトラウマが蘇る。あの大量の課題地獄、思い出しただけで気分が……」

「スミくんを合格させるにはあれでもギリギリだったんだよ」

「マジですか……」

瀬名希墨の人生において、あれほど勉強に集中した期間はない。あの頃の自分の努力を素直に褒めてあげたい。それでもギリギリだったならば、アリアさんの指導力の賜物だろう。

「あと、アリアさんってなんで高校の近くでアルバイトしてたんですか？　実家住まいで学業だって忙しいでしょうに」

このマンションを見れば、アリアさんがお金に困っているとは考えにくい。

「バイトの目的は紫鶴ちゃんに会うまでの時間潰し」

ピクリとヨルカの肩が動いた拍子に、一つながりだった林檎の皮が千切れてしまった。

「時間潰しに、俺はいたぶられてたんですか」

有坂アリアみたいな人がいわゆる天才肌と呼ぶのだろう。

見た目に頓着せず、言動は無邪気。だけど頭の回転は異様に速く、状況を正確に把握し、的確な指示を出す。

俺が問題のどこに躓いているかを即座に理解し、どう導けば最短で成長できるかまで見通し、かつ限界を超えるための助言をもたらす。

極めつきなのは、モチベーション・コントロールが抜群に上手いことだ。

何気ない会話をしていたはずが、いつの間にか乗せられていたことが多々あった。

全力の褒めと絶妙な挑発で、こちらの意地とヤル気を引き出されていた気がする。そうでなければ、自分の克己心だけであの死ぬほど多い課題をこなせるわけもなかった。

かくして知らぬ間にアリアさんの口車に乗せられた俺は限界以上の力を引き出され、無事に第一志望であった永聖高等学校に合格したのであった。

だが馬車馬のごとく受験勉強に明け暮れて、俺は合格発表と同時に燃え尽きてしまった。

「いいじゃん。スパルタじゃなければスミくん合格しなかったわけだし」

「結果オーライと言えば、その通りですけど」

「私を信じたからには当然よ。しかも今はヨルちゃんという美少女と付き合えてるんだから。この果報者め、憎たらしいぞ」

アリアさんは俺の頰を指でつつく。

「痛い、爪が刺さる、頰が抉れる」

「希墨とお姉ちゃん、いちいち距離近い！　やりとりが気兼ねなさすぎッ！」

ヨルカはお餅のように頬を膨らませる。

「誤解するな。この人の言うことはいつだって劇薬だ。よくも悪くも無茶ぶりで絶大な成果と引き換えに、多大なる苦労を強いられる。気に入らないことがあれば、その場でガス抜きしないとメンタルがやられてしまう！　断じて親しいからではない！　砕けた態度は、自分の中の余裕を少しでも確保するためだ！」

俺は実体験に基づく対策を早口で説く。

天才という影響力の強い存在と付き合い続ける方法は大きく二パターン。

とにかくヨルカのように心酔して信奉するか、俺のように割り切って一定の距離を保つことで自分を見失わないようにするか。

「私もスミくんのボヤきを聞くのは割と面白かったよ」

「ほら、本人の許可も出てるから問題なし！」

生き物は死なないために、苛烈な状況に適応しようとする。

俺もまた多大な受験ストレスを溜めないようにアリアさんには言いたいことを言うようになった。

そうやって最後まで投げ出さずにがんばれたのも、アリアさんの指導を信じつつも素直に弱音や文句を吐き出せていたからだろう。

「でも、すごく打ち解けてる」

「せいぜい傍若無人な姉と口の生意気な弟みたいなもんだから安心しろって」

「お姉ちゃんと勝手に家族にならないで!!」

たとえ話に失敗したッ！

だが、彼氏の前での妹の態度をはじめて見た姉には効果抜群だった。

「ヨルちゃんってばスミくんにベタ惚れだねぇ。熱烈。もしかして放課後はずーっと美術準備室でイチャついているとか？」

からかうようにアリアさんははやし立てる。

「お姉ちゃんには言わないってばッ！」

ヨルカ、それは自白してるようなものだ。

アリアさんは意味深に目を細めて、こちらを見てくる。

「かわいい妹が恋に溺れて、男に染められている。ちょっとショック。これが反抗期ってやつなのかな」

よよよ、とソファーの肘掛けにわざとらしく泣き崩れるアリアさん。

「……小芝居だけは下手くそっすね、アリアさん」

「なんだって、この妹泥棒め」

「理不尽すぎる」

元教え子に対する友好的な態度は幻だったらしく、急に手厳しい。

「ヨルちゃんの水着写真を送ってあげた恩人の前で、イチャつくなんていい度胸してるよね。どうせ消してないくせに」

「ぐっ。よりにもよって本人の前でその話題を出しますか」

図星を突かれた俺はアリアさんの鬼畜ぶりを恨む。

ゴールデンウィーク、有坂家は海外旅行で南の島へ行っていた。アリアさんによって送信されたヨルカの独占撮りおろし水着写真は、俺のスマホにばっちり保存されている。

「希墨。まだ消してないの？」

「アリアさんこそ、妹のスマホを勝手にいじるのはどうなんですか。しかも、わざわざ彼氏にラインで送るとか、プライバシー侵害ですよ」

俺はヨルカの怒りの矛先をなんとか逸らそうとする。

「いいじゃん。スミくんは喜び、私もヨルちゃんと楽しく話せた。ＷＩＮ‐ＷＩＮだね」

まるで美談のごとく纏めようとするアリアさん。

「楽しくないから！　わたしずっと怒ってたでしょ！」

「妹の罵倒さえ、私には恵みの雨も同然」

どうやらヨルカのお説教もアリアさんにはあまり効果がない。

アリアさんもアリアさんで、ヨルカのことがかなり好きなようだ。

まったく難儀な姉妹である。

「……よく俺が彼氏だって間違わずに送れましたね」

俺は言葉を選びながら質問をする。

もしかしなくても、俺達はアリアさんに大きな嘘をつかれていると思った。

「そりゃ一番上にスミくんの名前が表示されてたし、すぐわかるよ」

アリアさんは悪戯を誇る子どものように自慢げだ。

俺は、写真と一緒に送られてきた〈感謝してね彼氏クン　BYヨルちゃんの姉〉というメッセージを思い返す。そして確信した。

「……——アリアさん、俺がヨルカの恋人だってとっくに知ってましたよね」

俺は言い逃れできない犯人を諭す刑事のように問いかける。

「な、なんのことかな？」

「少なくとも写真を送った時点では絶対気づいていた。でないと写真が送れないし」

俺が断言すると、アリアさんの目が泳ぐ。

「希墨。どういうこと？」

姉の急変を訝しんだヨルカは、俺に説明を求めた。

「ヨルカのスマホに登録されてる連絡先って家族以外、俺と瀬名会のみんなくらいだろ」

「うん」

「その中で一番やりとりが多い相手は？」

「もちろん希墨」

「写真とメッセージを送るには俺とヨルカのタイムラインを開く必要があるんだ。やりとりを見たら、俺と付き合ってるって一発でバレるだろう」

ヨルカが大きな目を見開き、さらに驚く。

俺と付き合うまでメッセージのやりとりに疎かったヨルカ。

しかも瀬名希墨なんて珍しい名前、俺だって自分以外には見たことがない。

つまりアリアさんは、ヨルカの恋人が昔の教え子である俺と最初から気づいていた。

知っていた上で、さも初耳とばかりに振る舞っていたのだ。

ていうか恋人同士のやりとりを見られるのは、ふつうに恥ずかしい。

「さすが、私の元教え子。思った以上に賢くなって感心したよ」

アリアさんは今日までヨルカの恋人が瀬名希墨と知った上で、しらばくれていた。

「なんで、そんな回りくどいことしたんです？」

「複雑な乙女心ってやつだよ。まさか妹がきみに恋しているとは思わなかったからさ」

「そんな繊細な人は無断で盗撮写真なんて送らないです」

ふつうの人なら綺麗なアリアさんの茶目っ気を、つい許してしまうだろう。

しかし同じ血を分けたヨルカ相手には通じない。

「うん、お姉ちゃん。それはさすがに信じられない」

姉の悪意なきプライバシー侵害に、さすがのヨルカも感情を欠いた声でドン引き。

慌てて妹の機嫌をとろうとするあたり、アリアさんも心底ヨルカのことが好きなのはよくわかった。妹に本気で嫌われるのは避けたいようだ。

へそを曲げたヨルカはそれでも姉の夕飯を作るということで、俺も今日は帰ることにした。

アリアさんは熱心に引き止めようとしたが、ヨルカが却下。

玄関まで見送ってくれたアリアさんは、最後に意味深な言葉をかけてきた。

「スミくんとは近いうちにまた会うことになるかもね」

「すっごく恐いんですけど」

案の定、俺の予感は的中した。

第四話　アリア、来校

ヨルカの姉がアリアさんと発覚して数日が経った放課後。

教壇では二年A組の担任、神崎紫鶴先生による帰りのホームルームの最中だった。

我がクラス自慢の美人教師は、よく通る落ち着いた声で事務的な連絡を告げていく。

知的な色気と冷たい印象をあたえる佇まい。だが生徒ひとりひとりへの気配りは常にこまやか。密かに悩みを抱える生徒によく気づき、丁寧にケアをする。

そんな神崎先生への生徒からの人望はとても厚い。

「まもなく一学期の期末テストです。せっかくの夏休みに補習で登校したくない人は、きちんと準備を怠らないようにしてください」

淡々としながらも締めるところはきっちり締める。

なのだが、俺の気のせいでなければ今日の先生は心なしか元気がない。

いつも無表情を貫くクールな神崎先生に、どうにも疲れの色が見られた。

常に折り目正しく、隙を見せない人にしては珍しい。

「…………」

「連絡事項は以上です。クラス委員、号令を」

「…………」

「瀬名さん」

名前を呼ばれて、先生と目が合う。

「ホームルームは終わりです。号令をかけてください。それとも、また用事でもありますか？」

クラス内にかすかに笑いがこぼれる。

恋人宣言以来、俺が気を抜いていると先生は真顔でいじってくる。

「あー、じゃあ期末テストの答えが知りたいです」

俺の咄嗟の切り返しに「賛成！」「これで一夜漬けしなくて済む！」「ナイス、クラス委員！」と賛同するクラスメイト達が一斉に湧いた。

「寝ぼけたことを言わないで勉強しなさい。他の皆さんもです。来年の夏は大学受験で遊ぶ暇もないですよ。だからこそ高二の夏を充実させてください。勉強でも遊びでもです。……急に焦っても上手くいきませんから」

先生の妙に実感のこもった言葉に、クラスから「はぁーい」と返事があがる。

「わからないことがあれば、この後質問に答えます。以上」

俺があらためて号令をかけて、本日は終了。

「ぼーっとして。なにかあった？」

夏服のヨルカが、先に俺の机までやってくる。

上は白いブラウスに制服のベストを着て、下はプリーツスカートに夏でもニーハイソックス。首元のリボン正しい位置で結ぶ。薄着になっても、ヨルカのきっちりした性格が表れていた。

「いや、もう期末テストまであんまり日がないなって」

教卓の前にはすでに、神崎先生を囲む質問の輪ができあがっていた。

その中心に立つ神崎先生には、どこか翳りのようなものを感じてしまう。

「希墨。いつまであの担任の顔見てるのよ」

「なんか先生の様子が変じゃない？」

「体調でも悪いんでしょ」

興味がないとばかりに、ヨルカは俺の手を引いて教室の外へ連れ出す。

相変わらず神崎先生には態度が厳しい。

「ヨル先輩、おまけにきー先輩ヘルプです！　期末テストが大ピンチです！　またに勉強教えてください！」

俺達が昇降口まで降りたタイミングで、物陰から現れた後輩が泣きついてくる。

待ち構えていたのは一年の幸波紗夕。

今年、永聖高等学校に入学してきた俺の中学時代からの後輩だ。

ミルクティー色に染めた明るい茶髪は肩までの長さがある。くせ毛風の動きのある毛先が彼女の活発な性格を表していた。キラキラした瞳、ツヤツヤの唇。首元には細いネックレスが輝く。短くしたスカートからは健康的な長い脚がまぶしい。

制服を自分なりに着崩してオシャレを楽しむ今時のＪＫ。

「俺の扱いと頼む順番がおかしくないか」

「勉強はヨル先輩がいれば問題ありません。きー先輩はただのおまけじゃないですか」

かわいくてかわいげのない後輩は今日も遠慮がなかった。

「中間テスト前に、俺が瀬名会でテスト対策の勉強会を開いたから、おまえも赤点とらずに済んだんだろ」

「ぶぅ！　あれだけ瀬名会の名前を嫌がってたくせに、いざ権力を掴んだら偉そうに。あんまり恩着せがましいと嫌われますからね」

ただの友達同士の集まり、名ばかりの役職の幹事にどんな権力が発生するというのか。

「赤裸々にディスるな」

「きー先輩が、どうでもいい時だけ手柄を主張するからですよ」

「ボロクソ言う方がよっぽど悪質だよ」

俺達はお互いに言いたい放題けなし合う。

「はいはい、いつもの口喧嘩はいいから。それで紗夕ちゃん、今回はなにでお困りなの？」

見かねたヨルカが仲裁に入る。

「ヨルカ。こんな小生意気な後輩、助けることないぜ」

「紗夕ちゃんはわたしを頼ってきてくれたんだからいいの」

「えー放課後はふたりきりで楽しい時間だろ」

「ファミレスで勉強みてあげるだけじゃない。紗夕ちゃんが来ても変わらないでしょ」

俺の冗談めかした戯言を理解して、ヨルカはさらりと聞き流す。

ヨルカは、少しずつ俺以外の相手と接している時も緊張しないようになってきた。

もちろん、紗夕とは瀬名会の集まりで何度も顔を合わせているのも大きい。

知り合って日の浅い相手とヨルカがこうして気軽におしゃべりできていること、そして紗夕もこちらを遠慮なく頼ってきてくれること。

その両方が俺にはありがたかった。

「さっすがヨル先輩、頼りになる！」

結局、紗夕も一緒にいつものファミレスへ行くことになった。

おしゃべりしながら校門を出るタイミングで、一台のタクシーが俺達の前で止まる。

「あれ、わざわざ出迎えにきてくれたの」

颯爽と下車したのは、息をのむほど綺麗な女性だった。

顔が小さいから、色の濃い大きめのサングラスが余計に大きく見える。

目を見張るスタイルのよさにオシャレな装い、モデルか芸能人が現れたのかと思った。

謎の美女があまりにもごく自然に話しかけてくる理由がわからず、俺と紗夕は顔を見合わせて「そっちのお知り合い？」と目で問う。

俺も紗夕も心当たりはない。

だが、ヨルカだけは違った。

「──な、んで、ここにッ？」

動揺したヨルカは故障したロボットみたいにカタコトで質問する。

「あれーどうしたの？　反応薄くない？　駆け寄って喜びのハグとかないの？」

美女がサングラスを外す。

その女性の正体はヨルカの姉──有坂アリアだった。

「えぇ──⁉」

俺は謎の美女の正体に素っ頓狂な声をあげてしまう。

この前の自宅でのラフな格好や塾講師時代の冴えない服装とはまるで別次元。

整えられた長い髪、ヨルカに似た顔立ちがメイクによって素材のよさをより引き立てられて華やかな色気を強調する。トップスには身体のラインにフィットしたノースリーブのサマーニットが女性らしさを強調。腰には高級ブランドのベルト。異なる素材を組み合わせたオシャレなロングスカートは下半分がうっすらと透けており、膝下の長さがよくわかる。細く白い足首にはゴールドのアンクレットが光る。そしてミュールの踵は高い。

カジュアル寄りの一見シンプルなコーディネート。

だが、抜群の美貌とスタイルは周囲の視線をさらっていく。

上質な洋服をさらりと着こなし、完璧な化粧のアリアさん。

ハリウッドスターさながら、光り輝くようなオーラを放っている。

いきなり登場した桁外れの美人に、周りを歩いていた他の生徒達までもザワつく。

放課後の高校にそぐわぬ存在に、テレビのロケをやってるのかと囁く声も聞こえてくる。

間近でアリアさんを見た紗夕は、その美貌に圧倒されて言葉を失っていた。

「どうして、学校にいるの？」

ヨルカが訊ねる。

「ちょっと紫鶴ちゃんに会いに来たの」

紫鶴ちゃんとは、もちろん俺達二年A組の担任である神崎紫鶴先生のことだ。

そしてアリアさんの在学時代の担任でもあった。

「き、聞いてない！」

「言ってないもん。急に時間ができたからねぇ」

ちょっと散歩に来たノリで、卒業生がわざわざ平日の夕方に元担任に会うためにタクシーで乗りつけてきたらしい。しかもキメキメにオシャレしてきた美しき女子大生。

相変わらず常識では測れない人である。

「ていうか、ヨルちゃんなんかよそよそしくない？　他人行儀でさびしい」

「い、いきなり家族が現れたら、ぎこちなくもなるから」

わかる。高校生にもなって突然身内が友達の前に現れたら、なんか恥ずかしい。実際去年の文化祭で両親に連れられた妹の映が大はしゃぎしてた時は勘弁してくれと思った。

なんか学校での自分を家族に見られるのって、すごく違和感があるんだよな。

しかも、とびきり目立つ有坂アリアは否応なく注目を集めまくっている。

下校途中の生徒まで足を止めて、俺達を取り囲むように眺めていた。

ヨルカはすごく困った顔だ。せっかく大好きなお姉ちゃんに会えたけど、他人の目もあるから素直になれないのだろう。

「えー私は会えてすごく嬉しいけどな」

かたや周囲の視線をなんとも思わないアリアさんはマイペースで楽しげ。

誰がどう見ても美人姉妹。

だけど、その雰囲気はまるで両極端。

明るく社交的な姉とクールで物静かな妹。

「で――そっちにいるのはスミくんのお友達？　かわいい子だねぇ」

完全に場を支配するアリアさん。

彼女の視線を向けられた紗夕は、思わず俺のシャツの裾を指で摘まんできた。

「ヨルカの友達でもありますから」と俺が代わりに答える。

「あら、びっくり。スミくん。ちょっと私のことを紹介しておくれ」

アリアさんは本気で予想外だったらしい。

俺も意外だった。

アリアさんが教えるのが上手いのは観察能力の高さゆえだ。言動の端々から相手の本心を把握し、意図する方向に誘導していく。

俺が塾で教わっていた時も疲れや気分が乗らないのをあっさり見抜き、無理やりヤル気を出させられた。

その鋭すぎる読みも、あの頃より鈍くなったか。

あるいは――ヨルカだけは例外なのかもしれない。

「自分で好きに名乗ればいいじゃないですか」

逆らうだけ時間の無駄と知りつつも、恐怖の大魔王にすんなり屈したくなくてつい抵抗してしまう。

「こういうのは手順が大事なの。過程でサボる男は飽きられるのも早いよ。ほーら」

なにやら妙に説得力のある忠告をされてしまう。

ただ、誰よりも過程をすっ飛ばすアリアさんに言われるのはちょっとイラっとする。

「あの、きー先輩。こちらのヨル先輩に負けず劣らずのスーパー美人さんはもしかして……」

待ち切れないとばかりに紗夕が、俺に恐る恐る訊ねる。

「あぁ。この人、ヨルカのお姉さん。アリアさん、この子は幸波紗夕。一年生です」

俺は双方を紹介する。

「ヨル先輩の、お姉さんッ!?」

「はーい、ヨルちゃんのお姉ちゃんでーす！　いつも妹がお世話になってます！」

愛想よく元気なアリアさん。

美人姉妹で顔は似てるけど色々違う、という紗夕の驚きが伝わってくる。

「なんですかッ、あの光るようなお顔。美しさの暴力ですよ！　かぐや姫の生まれ変わり!?」

なんだ、かぐや姫って。あ、竹が光る的なこととアリアさんの綺麗さをかけているのか。

「紗夕、落ち着け」

「きー先輩こそなんで淡泊な反応なんですか!?」

「俺にとっては美人のコスプレにしか見えないから」

過去の経験からくる冷ややかな本音をこぼす。

「はぁ？　ヨル先輩と付き合っていよいよ脳ミソがバグりましたか？」

いきなり辛辣な暴言を浴びせられる。

「ひでぇ言い草。あの人はヨルカの姉である前に、恐怖の大魔王だから」

「きー先輩。ヨル先輩を基準にしちゃったら、大半の女の子で満足できない悲惨な人生になっちゃいますからね。高校時代がピークで終わりますよ」

「ずいぶんな言われようだな」

黙っているヨルカを尻目に、アリアさんは話しかけてくる。

「ねぇねぇ。スミくんはその子ともずいぶん仲良しそうだけど」

「中学の後輩なんで付き合いは長いんですよ。家も近所で、部活も一緒だったので」

「へぇー。もしかして、その頃からスミくんを好きだったのかな。しかも最近告白もしたけど振られて、今は元の感じに落ち着いたってところか。なんだかラブの残り香がするねぇ」

アリアさん本人としてたわいもない言葉なのだろう。

だが、初対面でいきなり核心を突かれた紗夕の表情は凍りついていた。

訂正。アリアさんの観察眼はまったく衰えていない。

アリアさんは俺達のわずかなやりとりから見抜いていた。

俺にずっと片想いをしていた紗夕から少し前に告白され、ヨルカのおかげで俺と紗夕は元の先輩後輩に戻れた。今では俺の友人達に交じって瀬名会の一員としてよく遊んでいる。

青ざめた紗夕の横で、俺は深々とため息をつく。

——アリアさん相手に嘘やごまかしは通じない。

「ヨル先輩のお姉さん、鋭すぎません。姉妹揃ってエスパーじゃないですか。しかもお姉さんの方が容赦ないし」

紗夕は俺のシャツの袖をぶんぶん揺さぶり、その恐怖を訴えた。

おい、あんまり強く引っ張るな。袖が裂ける。

「あの人の恐ろしさをわかるやつが増えて嬉しいぞー」

俺は同情しながら乾いた笑いを浮かべた。

「で、アリアさん。神崎先生のとこに行くんじゃないんですか？」

このままでは埒が明かないと思い、俺はこの立ち話を終わらせにかかる。

先ほどからヨルカはずっと黙ったままだった。

「おっと、そうだった。じゃあスミくんもついてきて」

アリアさんは当然のように俺の腕をとり、一緒に連れていこうとする。

「え、なんで。俺は関係ないでしょ」

「この前、お願いがあるって言ったでしょう。きみの力がとても必要なのさ。さぁ今こそ恩人に恩返しをする時だ」

「そんなの知りませんよ。これからテスト勉強するんです」

「後で私がいくらでも教えてあげるよ。悪いけど今回はスミくん抜きでよろしく」

アリアさんはこちらの言い分を無視して俺を拉致しようとする。

「お姉ちゃん、希墨を勝手に連れていかないで」

ようやく声をあげた俺の彼女。

「これはヨルちゃんの今後を左右する重大事項なんだよ。だから今日は聞けません」

「なら、なおさら話して」

アリアさんはもったいぶるように間を置いて、打ち明ける。

「紫鶴ちゃんがお見合いするの。結婚が決まったら教師も辞めるんだって」


「「「お見合い!?」」」

俺、紗夕、そしてヨルカすら驚いて声をあげていた。

「ね。大ピンチでしょう。そうさせないためにスミくんが不可欠なんだよ」

アリアさんの眼差しは真剣そのもの。

「俺に、どんな出番があるんですか」

首を突っこんだら大やけどしそうな予感しかしない。

アリアさんの元教え子としての経験がそう危険信号を鳴らす。

だが、俺が拒否したがっているのを見透かすようにトドメの一言をつけ加えた。

「担任が変わったら誰が一番困る？　きみなら、わかるよね？」

アリアさんの心細げな声は、誘導灯のごとく彼女の意図するところを気づかせる。

「――――」

この人は、昔とほんとうに変わらない。

難しい問題をいきなり出して、解決しなければ前に進めない状況を強制的に整える。

しかも無茶苦茶だけど必ず意味があることだけは匂わせていた。

そうやって俺から拒否権を奪い、だけど自分の意志で選ばせる。

アリアさんの言葉の意味するところ――妹のヨルカのためなのは明白だった。

「お姉ちゃん、わたしも行く！」

「ダメ。ヨルちゃんはお留守番」

「どうして？」

「ヨルちゃんがいない方が話も早く進むもの」

円滑に進める。それだけの理由でアリアさんはヨルカを置いていこうとする。

「お姉ちゃんの邪魔、しないから」

「いる意味もないでしょう」

「き、希墨が心配だからッ！」

「そういう不純な理由なら、もっとダメ」

アリアさんは聞く耳をもたないし、ヨルカがなにを言ったところですべて却下する。

「けどッ！」

「ヨルちゃん、ワガママ言わないの。お姉ちゃんの言うことを聞きなさい」

魔法の一言のようにヨルカはそれ以上の言葉を出せなくなっていた。

「スミくんがすぐに私の真意を察してくれて助かったよ」

「さっきのは強引すぎますって。ヨルカ、すげえ混乱してましたよ。もうちょっと穏便にならなかったんですか？」

「だからスミくんが『クラス委員として、ちょっと事情だけ訊いてくるだけだよ』って最後にうまく説得してくれたじゃん」

ブラボーとばかりに俺の機転を褒めたたえるアリアさん。

校内をアリアさんと歩きながら、職員室を目指す。

「恋人としてすげえ心苦しかったんですけど……」

「だけど、きみも必要だと思ったから来てくれたんでしょ？」

俺の瞳を覗きこむように問いかける。

「そりゃ、ヨルカのためですから」

気づいた以上、俺も無視するわけにはいかない。

神崎先生が結婚して教職を辞めることになったら担任が変わってしまう。

ヨルカは天敵扱いするが、誰が見ても神崎先生は生徒への理解と愛情がある優秀な教師だ。

たとえヨルカ本人が素直に認めなくても、俺達はかなり助けられている。

四月に朝帰りの噂が立った時も神崎先生とアリアさんの連携があったから、今も平穏無事な高校生活を送れているのだ。

いくら恋人でクラス委員の俺がフォローしたところで、生徒の力では限度がある。

もちろんご縁があって神崎先生が自ら望んで結婚するなら祝福もする。その結果、教師を辞めるとしても温かく見送ろう。

が、アリアさんがこうして妨害しようとする以上、なにか特別な事情があるに違いない。

「そう。私達はいつだってヨルちゃんのために行動するんだ」

「たとえ妹が嫌がっても？」

「人生には苦しい二択を迫られる時もあるんだよ」

「かわいい妹の機嫌より、元担任の見合いを妨害する方が大事なんですか」

廊下を歩く謎の美女に、すれ違う生徒達は必ずと言っていいほど振り返る。

来客用スリッパですらオシャレアイテムに見えるのだから本人の魅力とはすさまじい。

ヨルカなら絶対に嫌な顔をしそうなところだが、アリアさんは他人の視線をまるで気にかけない。ファッションショーのランウェイを歩くように軽快としたものだった。

「――なりふり構ってられない時は大抵痛みがともなうものさ」

「もっともらしいこと言って」

「む。昔のスミくんなら素直に信じてくれたのに」

「そもそもなんで俺が必要なんですか」

「スミくんが切り札だから」

さっぱりわからない。

お見合い当日、無理やり乗りこんでぶち壊しにでもいくなら七村みたいなガタイのいい男の方が効果高いだろうに。

「それは紫鶴ちゃんと会ってから話すよ」

「今回はどんな無茶ぶりをされるんですか」

待ち受けるであろう展開を憂い、俺はため息をつく。

「でも来てくれたじゃん」

アリアさんは勝手知ったる母校を迷わず進み、俺は子分のようについていく。

「恋人との楽しい高校生活を守るためですから」

俺は自分の立ち位置を強調した。

アリアさんには言うべきことを言わないと、そのペースに自動的に呑みこまれるのは嫌というほど身に染みている。

ヨルカもこうやって小さい頃から振り回されてきたに違いない。

本人は喜んでいるつもりだが、あれは半ば刷り込みに近い。常に姉に従い、姉と同じように振る舞うのが唯一無二の正解としてヨルカに刻みこまれたのだろう。

思春期に入り、優秀すぎる姉への反抗心でも芽生えれば、あっさり別の道を歩んだのだろうが幸か不幸かヨルカはアリアさんが今も心から大好きだった。

強すぎる憧れは、時に自分を縛りすぎてしまう。

先ほどアリアさんに置いていかれたヨルカの悲しそうな顔は、小さな女の子のようだった。

「とかなんとか言っちゃって。ヨルちゃんに魅かれたのだって、ほんとうは私の面影を感じたからとか？」

「ありえないですって」

俺はアリアさんの戯言を一笑に伏す。

「即答は酷いなぁ。本気で興味ゼロとかウケる。そんな風に言われたのははじめてだよ」

この美人は人目も気にせず、ゲラゲラと腹を抱えて笑う。

「そこまでツボることですか？」

「あの忠実なスミくんはどこへ行ったんだろ。悲しいな」

「感謝はしてますけど、俺は別に大魔王の信者ではありませんから」

「フフ。きみのそういう生意気なところを、私は結構気に入ってるんだよ」

「それはどうも」

鼻歌交じりにアリアさんは階段を上っていく。

「そういえば、この服どう？　似合うかな？」

「馬子にも衣裳」

「なにをー。よく見て、ちゃんと褒めろよー」

華やかな私服を披露しようとして階段の途中にも拘わらず、くるりと一回転。

案の定バランスを崩して転げ落ちそうになる。

俺は咄嗟に手が出て、アリアさんの背中を支えた。

「階段で、しかもスリッパで、調子乗らないでくださいよ。危ないな」

「スミくんならフォローしてくれると思ったから」

アリアさんは間近で俺だけに微笑む。

「今すぐ手を離しますよ？」

「久しぶりの母校でテンションも上がっちゃってさ。それで、ご感想は？」

有坂アリアの容姿を貶すような輩がいれば、それは明らかな嫉妬ややっかみだ。

あるいは美的感覚が著しく欠如してる残念な人である。

「偽装というか変装というか、俺が知ってるビフォーとアフターの差がすごい。まぁヨルカと姉妹なんだから当然なんでしょうけど、ちゃんとすれば魅力的ですね」

「ありがとう」

そう言って、平然と手すり代わりに俺の腕に手を回してくるのがアリアさんだった。

「だから近い！　昔のノリで気軽にひっつかないでください」

「いーじゃん。少年漫画的なラフなノリが好きなんだよ。努力・友情・勝利の二人三脚、無事に志望校に合格したのだ！」

「支配・誘導・強制のスパルタ教育スタイルでしょうに。見た目だけ美人になっても、中身は昔のままとか勘弁してください」

強がってみるものの、俺も多少緊張している。

男子たるもの、えらい整った顔が間近にあればドキリとする。

駄目だ。美人姉妹ゆえ同系統の好みの顔だから自動的に心臓が跳ねてしまう。

「スミくんは私の色香に惑わされずに勉強集中してたもんね」

「あの頃の、一体どこに色香があったんですか？」

「じゃあ、今は？」

「……元々綺麗なのを隠してただけでしょうに」

どうにも調子が狂う。

中身は昔と変わらない気兼ねないお姉さん。

だが、今や外見はヨルカに追加武装を施したパーフェクト・ヨルカのようなものだ。

「はぁ……写真より実物の方が美人とか逆の意味で詐欺だよ」

「なんの話？」

「一度ヨルカに家族写真を見せてもらってたんですよ。あの時わかっていれば」

四月の球技大会における競技決めで、教室から逃げ出したヨルカ。彼女を追いかけて階段の踊り場で話した時に見た有坂家の家族写真。ヨルカによく似た綺麗なお姉さんという印象だったが、その正体があの冴えない塾講師だとは思わなかった。

外見と中身がいまだ一致せず、距離感に悩む。

「きみはピンと来てなかったわけか。スミくんらしいや」

「写真には内面の残念さが写らないもんなぁ」

「なんだとぉ～～」

俺がアリアさんの腕をほどくと、不服そうだった。

アリアさんはさながら歩く広告塔のごとく職員室で大層な人気者だった。

スター卒業生、母校に凱旋とばかりに盛大に歓迎されていた。

特にベテラン教師陣の歓待っぷりはすさまじく、あっという間に人の輪ができていた。

いつも厳しい学年主任の先生ですら、アリアさんには表情筋を緩ませる。

皆さん口々に手を焼かされた苦労話をどこか楽しそうに話す。

アリアさんもアリアさんで、集まってきた教師陣の名前をいまだに全員覚えているのだから恐ろしい記憶力である。

職員室の主役と化した卒業生の存在感により、俺は黒子のようになってしまう。

これが持って生まれたスター性か、と背景の一部となった俺は静かに感心した。

アリアさんは神崎先生の呼び出しをお願いし、それを待つ間の先生方との会話で、ふいにヨルカの話題が出た。

「有坂の妹は今二年生か。入学式の新入生総代を断ってきた時はどうなるかと思ったが、今となっては妹の方は少々物足りないくらいだぞ」

冗談めかして中年教師が有坂姉妹の違いについて触れる。

「妹の方が私より真面目でしっかり者ですから」

アリアさんは静かな表情で答える。

「有坂はいつも目立って騒がしかったからなぁ。妹も同じように、なにか大胆なことをやらかすと思ってたぞ」

拍子抜けした、といった悪気のない雰囲気がその中年教師から漂う。

俺はその何気ない言葉がとても無神経なものに感じられた。

言っている本人が無自覚だからこそにじみ出る本音。

要するに、この教師はヨルカにもアリアさんのような賑やかさを期待していたのだろう。

アリアさんは一年生から生徒会長に就任、学校行事の規模拡大、モデルを務めた学校案内のパンフレットで受験者数を爆増させたなど数々の伝説を残している。

いくら姉妹だとはいえ、それを妹のヨルカに求めるのは筋違いだろう。

一度気に障ると、どんどん腹が立ってきた。

俺が一言物申そうとした瞬間、アリアさんが俺の気持ちを先に代弁してくれた。

「なに言ってるんですか、姉妹でも別人なんですから。うちの妹に変な期待をしないでくださいよ。もし妹が私みたいだったら苦労するのは先生達でしょう。あんまり好き勝手言っちゃうと、妹の保護者代理として名指しでクレームいれますよ」

言葉はあくまでやわらかくチャーミングに、しかし声には明確な不満がこめられていた。

アリアさんの目は笑っていない。

「それもそうか、すまんな。ははは」

中年教師は慌てて、自らの言葉を取り下げた。

「それに紫鶴ちゃ――、神崎先生がきちんとやってくれているからこそですよ」

アリアさんの声には信頼がありありと感じ取れた。

うーむ。こういう瞬間に接するたび、誰が担任教師でも同じとは言いきれない。翻って神崎先生の素晴らしさをあらためて痛感させられる。

と噂をすれば、顔色を変えた神崎先生が職員室に現れた。

俺の担任は、すぐ俺の存在に気づく。

「なんで瀬名さんまでここにいるんですか？」

「俺も正直わかってません。先生がお見合いするからって連れ戻されて」

声を潜めて説明すると、普段は無表情な神崎先生に般若のごとき形相が一瞬浮かんだ。

神崎先生は、集まったベテラン教師陣が談笑する輪をすぐさま解散させて俺とアリアさんをいつものように茶室に移動させる。

先頭で廊下を歩く神崎先生の後ろで、俺はこっそりアリアさんに話しかけた。

「さっき、本気で怒ってましたよね？」

「大人しく卒業したいなら、教師に嚙みつかないに越したことはないよ」

「一番説得力のない人に言われてもなぁ」

「——スミくんはやっぱ頼りになるよ」

アリアさんは俺の肩にポンと手を置いた。

幕間一

「ななむー、今のままだと期末テストが本気でヤバイよ。もう少し英単語とか文法覚えなよ」

放課後の二年A組。

あたしこと宮内ひなかは、男子バスケ部のエースである七村竜に勉強を教えていた。

「いいんだよ、宮内。女の子と仲良くなるには俺のルックスと溢れる男らしさで余裕さ」

「顔や態度でテストの点は上がらないから。赤点とったら公式戦に出れなくなるんでしょ」

「うーん。そいつだけは困るんだよなぁ」

「じゃあ、がんばろうか」

常日頃から世界を目指すと豪語する一九〇センチを超える陽気な彼だが、今は英語の問題集を前に縮こまっている。運動神経は抜群で女の子にはモテるが、勉強全般は苦手だった。

エースが欠場してはチームの戦力は半減。そのためチームメイトからのプレッシャーはすさまじいらしく、英語が得意なあたしに教わりにきたのだ。

背が低くて金髪で耳にピアスなあたしに、いかにもスポーツマン然とした体格に恵まれた彼の頭が上がらないのは面白い。

期末テストが近づき、教室では同じようにテスト勉強のために机を囲むグループがいくつもあった。

教壇では担任である神崎先生に質問するクラスメイトの輪ができていた。

その中心にいるのが支倉朝姫ちゃん。

スミスミと同じくクラス委員の彼女は明るく社交的で、いつも積極的にリーダーシップをとる。肩のあたりまで伸びた明るい茶髪には緩くパーマがかかっており、整った顔立ちには薄いお化粧。女子ならすぐ気づくさり気ないオシャレが優等生らしい。夏服になっても冷房対策にカーディガンは手放さず、腰に巻いていた。

「神崎先生ありがとうございました」

質問を終えて、朝姫ちゃんは丁寧に礼を述べる。

するとあたしとななむー、そして朝姫ちゃんのスマホから同時にラインの通知音が鳴る。

瀬名会のグループラインに一件のメッセージが入っていた。

送り主は、後輩の幸波紗夕ちゃんだ。

紗夕：みなさん、ヘルプ！　ヘルプです！

神崎先生がお見合いで、きー先輩がヨル先輩のお姉さんに拉致られました！

ヨル先輩も超ご機嫌ななめになってます！

すぐに中庭に来てください！　私ひとりでは無理ぃ！

「お見合い⁉」

「有坂ちゃんのお姉さんに瀬名が拉致られた⁉」

「ヨルヨルがご機嫌ななめッ⁉」

朝姫ちゃんが誰よりも先に声をあげた。

あたし達三人は妙に緊急性の高いメッセージにお互いの顔を見合わせる。

「え、神崎先生ってお見合いするんですか？」

「な、なんのことでしょう……」

ちょうど朝姫ちゃんの目の前にいた神崎先生は明らかに動揺していた。

さらに教室のスピーカーから呼び出しの放送が流れてくる。

『神崎先生、神崎先生。お客様がいらしています。職員室までお戻りください。繰り返します。神崎先生――』

「来客？　そんな約束はなかったはずですが」

戸惑う神崎先生に、朝姫ちゃんが「あの先生、これ」と恐る恐るスマホの画面を見せた。

「――、アリア⁉　ちょっと急な来客なので失礼します！　質問のある人は申し訳ありませんがまた明日にでも！」

血相を変えた神崎先生は教室を出ていった。

いつも物静かな先生とは思えないほどの慌てぶり。

「ねぇ、これってどういうことだろ。なんで神崎先生がお見合いになると、有坂さんのお姉さんが希墨くんを拉致するの？　さっぱりなんだけど」

首を傾げながら朝姫ちゃんは、あたし達のところにやってくる。

「とりあえず勉強してる場合じゃなさそうだな」と、ななむーはすぐさま問題集を閉じた。

「ヨルヨルが心配だから行こう。朝姫ちゃんは？」

あたしも立ち上がる。

「そりゃ瀬名会の一員なら助けなきゃね」

あたし達三人はすぐに中庭へ向かうことにした。

第五話　代理彼氏

「アリア！　一体どういうつもりです！　なぜ瀬名さんにまで話したんですか！」

茶道部室の茶室に到着。

襖をピタリと閉めた途端、神崎先生が吼える。

いつもは静かな大和撫子な美人教師。だが今日ばかりは違う。

絹のような艶やかな長い黒髪は逆立ち、色白の整った面立ちが真っ赤になり、大きな目を逆三角形にして盛大に怒っていた。

俺が恋人宣言をした時の説教に匹敵するくらい声を張り上げる。

つまり、冗談でもなんでもなく神崎先生のお見合い話は事実のようだ。

教室で感じた神崎先生がいつもと様子が違って見えたのは当たりだった。

「だって紫鶴ちゃんの一世一代のピンチじゃん。せっかく相談してくれた以上、私も望まない結婚なんてさせられないよ」

そんな神崎先生を前にしてもアリアさんは涼しい顔だ。

説教は聞き飽きているとばかりに、畳の上で胡坐をかく。

この人、ほんとうに大物だよなぁ。

「プライベートのことです！　瀬名さんには関係のないことでしょう！」

本気で腹を立てている神崎先生はストレートに感情を露にする。

アリアさんによって教師という仮面を外され、神崎紫鶴という個人で激怒していた。

「大ありだよ。スミくんは紫鶴ちゃんの救世主なんだから」

「――スミくん？　ずいぶんと馴れ馴れしいですね。おふたりは面識があるのですか？」

神崎先生は俺とアリアさんを交互に睨みつける。

「ほら、私が大学一年の時に塾講師のアルバイトをしてたでしょう。その時の教え子がスミくんなんだよ」

「……じゃあ瀬名さんは有坂さんより先に、アリアと知り合っていたのですか？」

「まぁ順番的に言えば、そうなります」

俺が認めると、先生は一層表情を険しくする。

「紫鶴ちゃんとスミくんと同じように、私達も麗しき師弟なのだよ。ね、スミくん」

俺は腕を引かれて、となりに座らせられた。

「アリア……あなたという子は、どうしていつも予想の斜め上をいく状況をいきなり持ちこんでくるのですか」

こめかみを細い指で押さえる神崎先生。きっと学生時代から変わってないんだろうな。

「紫鶴ちゃんに文句を言われる筋合いはないなぁ。私が塾講師をしたのは紫鶴ちゃんの一言がきっかけなんだし。いわば私達のキューピッドみたいなものよ」

何気に恐ろしいことを言ってくれる。

もしも神崎先生の一言がなければ、アリアさんは塾講師をしていない。そうなれば俺は永聖に合格していなかっただろう。そしたら俺はヨルカと付き合うこともなかった。

人間関係の歯車が運や縁によってどう嚙み合うのか、わからないものである。

「またキューピッドですか、まったく」

先生は俺を一瞥して、ようやく正座する。

相変わらず背筋はピシリと伸びた美しい姿勢だった。

「有坂姉妹の両方に縁がある瀬名さんって何者なんですか」

「ほんとだよねぇ。スミくんのモテ男！」

俺はアリアさんが話を脱線させる前に、ここに同席させられた理由を確認する。

「とりあえず状況を整理させてください。神崎先生にお見合いの話があって、結婚が決まったら教職を辞めると聞きました。アリアさんは、それを止めるために俺を呼んだそうなんですけど、合ってます？」

俺は恐る恐る訊ねる。

「オッケーだよ」「これっぽっちも合ってません」

両極端な反応に、巻きこまれただけの俺は完全にお手上げだ。

「単純な話じゃん。紫鶴ちゃんは先生を辞めたくないんだよね？」

「当然です。今のところ結婚を焦る理由もありませんし、教師を辞める気もありません」

「じゃあ、それを紫鶴ちゃんの親に伝えてお見合いを中止できた？」

「それは、その……」

アリアさんはからかうように投げかけると、神崎先生は途端に言い淀む。

こんなに気後れしてる神崎先生をはじめて見てた。

「神崎先生のご両親ってそんなに厳しい方なんですか？」

「紫鶴ちゃんのお母さんは高名な茶道の師範なの。小さい頃から厳しく礼儀作法をしつけられて、その家柄も古風なわけ。箱入り娘の紫鶴ちゃんには大学卒業したら就職なんかさせずに、すぐに結婚を望まれてたくらいなんだから」

今時信じられないよねぇ、って調子でアリアさんは肩をすくめる。

「え、でも今はこうして先生をやってるじゃないですか？」

「私が教師になる時もかなり揉めたんです」

神崎先生は深いため息をついた。

「じゃあ、先生のご両親は娘を想うあまり、お見合い話を勝手に進めてるんですか」

「うんうん。スミくんは理解が早くて助かるなぁ」

「そこに、なんで俺が必要なんです？」

最大の疑問をやっと辿り着く。

話し合いの通じないご両親に、ただの男子高校生がどんな役に立つというのか。

「紫鶴ちゃんは教師を続けたい。だけど今すぐ結婚の予定もない。ご両親はとにかく娘を結婚させたい」

アリアさんは自信満々に計画の核心を告げる。

「だからね、間をとって紫鶴ちゃんは自分から恋人を紹介しよう！　結婚の意志も予定もあるよって親が安心すれば今回のお見合いは回避できるじゃない」

「そもそも恋人がいませんから、そんな方法は成立しません」

神崎先生は即座に却下する。

「――ちょっと待ってください。まさか、え、もしかしてそういうこと」

対して、俺はアリアさんが意図としていることに気づいてしまう。

「さっすがスミくん。その勘のよさがきみを選んだ理由だよ」

アリアさんの口元に三日月のような笑みが浮かぶ。

俺がここにいるのはサポートでもなんでもない。ガッツリ矢面に立たせるためだ。

「スミくんを代理彼氏にして、紫鶴ちゃんの親に紹介しよう！」

「いや無理だから！」「ありえません！」

俺と神崎先生は同時に否定する。

「ふたりとも息ぴったり！　ほら、スミくんなら絶対いけるよ！」

アリアさんはひとり確信に満ちた顔で親指を立てる。

「これまで散々あなたのフォローをしてきました。しかし今回はありえません。代理彼氏なんて言語道断です！　しかも瀬名さんを巻きこむなんて。彼は私の教え子ですよ！」

「そうです！　いくらなんでも無茶ですってば！」

俺も当然のように反対した。

「難しく考えなくていいよ。紫鶴ちゃんの親に会って、彼氏として振る舞うだけの簡単な役目だって」

「それが死ぬほどハードル高いんですよ！」

どういう判断をすれば、担任教師の親に代理彼氏として会うのが簡単な役目というのか。

「第一、親を騙すなんて気が進みません」

神崎先生のお堅い性格なら、その気持ちはごもっともだろう。

「散々説得したけどダメだったんでしょう。親が心配してくれるうちが花だろうけど、自分の人生はやっぱり自分で決めなきゃ。紫鶴ちゃんはもう教師で、立派な大人じゃない」

「しかし……」

「紫鶴ちゃん、手段を選んでる時期はとっくに超えてるから。泣き落としが通じる親でもないし、お見合いしたらそのまま外堀を埋められて結婚一直線だよ。それでもいいの？」

アリアさんの言葉は静かだが、痛いところをついていた。

神崎先生は苦しそうな表情で、なにも言い返せない。

「大事なのは言葉以上に行動することだよ。最悪バレたって殺されるわけじゃない。黙っていたら、ほんとうに結婚することになるよ」

アリアさんも無茶なのは当然わかっている。

わかった上で、あくまで代理彼氏の提案を押し通そうとする。

「神崎先生には申し訳ないですが、百歩譲って代理彼氏までは許容してもいいかもしれません。だけど彼氏役が高校生の俺なのはどう考えても無謀です。俺の年齢のサバを読むにしても、かなり厳しいですよ」

俺は常識的な意見を盾にする。

「そうです！　彼はまだ子どもです。そんなものは誰が見てもわかります」

「いいじゃん。年下彼氏との純愛だって押し切ろうよ」

「バレた時の私の社会的立場が危うくなります」

「紫鶴ちゃん。虎穴に入らずんば虎子を得ず、だよ」

「だから子どもというところが一番マズイんです」

反対する神崎先生は追い詰められてちょっと泣きそうだった。

「むしろアリアさんなら大学とかで他に頼む相手を探せませんか？　わざわざ失敗のリスクを引き上げなくても」

現役大学生のアリアさんなら、いくらでも二十歳以上の男性が周りにいる。

女性慣れした経験豊富な人を代理彼氏に抜擢する方が遥かに現実的だと思う。

「嫌よ、紫鶴ちゃんを守れる男はスミくんだけだよ」

「――ふつうの姉は、妹の恋人に担任の代理彼氏なんて頼みませんよ」

俺の真っ当な反論に神崎先生も深く頷く。

「訊く耳をもたない相手に、常識で挑んでも無駄。最悪、親を説得させる必要もない。ただ、諦めさせればいいの。そのためには予想外の方法でいかないと」

いや、さっぱりわからん。

「真面目な話、紫鶴ちゃんの親を納得させるにはそこらへんの男じゃ力不足なの。すぐボロが出て、失敗するのは目に見えてる」

「……アリアさんが代理彼氏に求める具体的な条件はなんなんですか？」

ご両親以前に、アリアさんを説得するのに疲れてきた。

俺が問うと、アリアさんは三本の指をビシリと立てる。

「代理彼氏に相応しい三条件。ひとつ、本気で紫鶴ちゃんに恋しないこと。大好きな恋人がいて、かつ浮気しない男が最適。ふたつ、難敵相手にアドリブで切り抜けられる頭と度胸があること。みっつ、紫鶴ちゃんと並んだ時にしっくりくること」

「ひとつ目しか合ってませんよ。ふたつ目は買い被りすぎ。三つ目に到ってはさっぱり」

「そんなことないよ」

「本気で上手くいくと思います？」

俺を代理彼氏にして作戦の成功率をさらに下げようとしているようにさえ感じる。

その一方でアリアさんにしか見えていない勝機があるようにも思えた。

「無茶ぶりは百も承知。でも、スミくんなら絶対できるよ」

「――――」

有坂アリアの恐いところはこれだ。これなのだ。

彼女の言葉を聞いてしまうと不思議とできそうな気にさせられる。

そんな魔法にかけられてしまう。

「アリア。いくら言っても駄目です。瀬名さんにまで迷惑はかけられません」

「甘いよ。私達教え子は、紫鶴ちゃんのことが本気で好きなんだ」

アリアさんははじめて真剣な表情を見せた。

「私の作戦は完璧とは言わないけど、最高の最良とは思ってる」

アリアさんは、あの頃と同じように確信をもって告げた。

ただの昔話。永聖高等学校が第一志望だと中学校の担任に伝えたら『無理だろうから、無難なところで我慢しておけ』と半笑いで決めつけられた。

もちろん、当時の俺のお粗末な成績表だけを見れば無理からぬことかもしれない。

日周塾に入って最初に同じことを伝えた瞬間、アリアさんは大笑いをすれども――不可能とは一度も言わなかった。

アリアさんは俺の挑戦を尊重し、可能性を見出してくれた。

合格する保証はもちろんない。最後に試されるのはあくまで瀬名希墨の地力だ。

俺は挑戦して、その上で結果に納得したかった。

有坂アリアは最初に俺の可能性を信じてくれた。

だから、俺も信じて最後までやり抜くことができた。

アリアさんができると断言するのなら、俺もこのバカげた作戦に乗せられていいと思う。

恐怖の大魔王による無茶な作戦か、優れたリーダーだけが見通す大胆な計画か。

その判断が今はつかないとしても賭けていいくらいには、瀬名希墨は有坂アリアに個人的な信頼を寄せていた。

「アリアさん。ほんとうに俺が適任なんですか？」

「もちろん。担任教師の教え子で、妹の恋人であるきみだけが代理彼氏に相応しいのさ」

「非常識にも程がありますよ」

「でも、きみとなら無茶してても望んだ結果を出せる。今回もね。わたしはそう確信している」

こんな自信満々に振る舞う人が身近にいれば、ヨルカが憧れてしまう気持ちもわかる。

アリアさんは眩しすぎるのだ。

彼女の言葉は夜明けを告げる太陽の輝きに似ている。暗闇に差しこむ一筋の光のように、誰もが囚われやすい不安や落胆、悲しみなどの暗い感情を洗い流してしまう。

「……俺にとってヨルカが笑ってすごせるのが一番大事です。ほんとうはいつだって俺が守ってあげたい。だけど自分がまだ子どもだってのは痛感してます。その代わりをできるのは神崎先生において他にいないです」

「私もまさしく同意見。紫鶴ちゃんほど頼りになる先生は他に知らないもの」

いつだって神崎先生はヨルカを見守ってきた。

たとえ天敵扱いされて嫌われようとも、ヨルカを気にかけ、必要とあれば力を貸すことも惜しまない。ヨルカのために用意してくれた美術準備室があったから、俺をクラス委員に指名してくれたから、俺達は両想いの恋人になれた。

すべて、神崎先生のおかげだ。

その恩人のピンチを黙って見過ごしていいのか？

自分達だけ幸せなら、それで満足なのか？

恩返しなら別に卒業前にしたって構わないはずだ。

今この瞬間、神崎紫鶴という個人に助けが必要ならば俺はそれに応えてあげたい。

アリアさんのバックアップと俺の覚悟があれば、今回もきっと乗り切れる。

だから、瀬名希墨はここに呼ばれたのだ。

「――やります。先生の代理彼氏、俺が引き受けます」

代理彼氏を引き受けると、アリアさんは俺の両手を握って喜んだ。

「ありがとう、スミくん。愛してるよ。がんばって紫鶴ちゃんの独身を守ろうね」

「愛さなくていいので、作戦を成功する確率を上げてください」

「わかってるよ。スミくんの協力には精一杯応えるって。じゃあ連絡先交換しようか」

話がまとまってノリノリのアリアさんはスマホを取り出す。

「なんだか気が引けるな。恋人の姉と繋がるなんて」

「いいじゃん。こまめな連絡は作戦成功の重要な鍵だよ」

俺は今さらながらアリアさんの連絡先を登録する。

「ちなみに、私は滅多に男子と連絡先交換しないんだ。よかったね」

「モテる人は大変ですね」と俺は聞き流す。

「もっと喜べよぉ」

先ほどからなにやら考えこんでいた神崎先生は、重たい口をようやく開く。

「やはり、承服しかねます。卒業したアリアはいざ知らず、現役で受け持っている瀬名さんを巻きこむのは……」

「当事者の紫鶴ちゃんがゴネないでよ。言いたいことがあるなら、ここで洗いざらい言って。私はちゃんと聞くから」

アリアさんがわずかに語気を強める。

それだけで茶室の空気が重くなった気がした。

この人も神崎先生に負けず劣らず場の支配力がすさまじい。

俺もいつの間にか喉の渇きを感じていた。だけど、いつものように神崎先生がお茶を出してくれることはない。それだけ先生自身に余裕がないのは明らかだった。

「まさか瀬名さんが引き受けるとは思いませんでしたから……」

「意外ですか」

「なぜ断らないんですか？」

アリアさんは口をはさまず、俺と先生の会話を聞いているだけだった。

しおらしい神崎先生には、普段の教壇に立つ時の凛々しさはない。

立派な教師たらんとする張り詰めた空気はなく、等身大の女性としての素顔を覗かせる。結婚やキャリア、そういう人生の大きな岐路に悩むのは大人も子どもも同じだ。

「大魔王の信頼と実績です。この人の言うことを聞いて、俺も実際合格したので」

俺はアリアさんの方を見る。

「アリアさんって妙に直感が鋭いというか、思いつきの精度が高いというか。いざ実行してみたらできたりするし。だから、先生も先に相談してたんですよね？」

俺はできるだけ軽い調子で答える。

あんまり代理彼氏の件を真面目に捉えすぎると、ぎこちなくなってしまう。

「だからといって、やはり教師の身である私が生徒の瀬名さんと、その、代理とはいえ彼氏役をお願いするのは……」

教師と生徒の垣根を越えることに神崎先生はいまだに躊躇している。

「今回はまぁ、俺にとっても特例ですから」

「有坂さんのためでしょうが、あまりにも――」

俺は先生の言葉を遮って、先に自分の気持ちを述べる。

「俺は神崎先生が教師を続けたいって知ってます。先生にとって教師は天職です。優秀な先生がいなくなるのは他の生徒にとっても大きな損失です」

以前、校長になるまで教師を続けたいと先生が言ったのを俺は覚えていた。

「私の個人的な事情に、瀬名さんがそこまでする理由はありません……」

「先生。俺をクラス委員に指名する時に言いましたよね。橋渡し役になれって」

「それは生徒同士の話であって」

俺は首を横に振る。

「同じですよ。神崎先生が最後まで担任でいてくれることが俺達にとってベストなんです。クラスの代表として、担任とクラスメイトの橋渡し役はしっかりさせてもらいます」

我ながら強引な理屈だと思う。

だけど俺もこの人を信頼しているし、卒業まで教わりたい。

「先生もいつも通り、俺に無茶ぶりすればいいんですよ。んで、俺は文句を言いながらなんとか行動するだけです。クラス委員ですから。そもそも、この茶室に呼び出されて俺が断ったことありましたっけ？」

「今度ばかりは断っていただいても」

「逆の立場ならどうします？」

「……やりなさい、と」

「やりなさい」

「無理です」

「やりましょうよ」

「嫌です」

「やってくださいってば！」

「勘弁してください！」

完全に教師の威厳など放り出して、全力で拒否する神崎先生。

「先生でしょう。生徒にいいところを見せてくださいよ」

「そんな飲み会で一気飲みを強要するようなロジックは受け入れられません！」

「うわ、頑固。往生際が悪いですってば」

「い、今さらこれだけの醜態を瀬名さんに晒しているのです。まして、だ、代理彼氏で私の両親に会うだなんて」

「ただの演技じゃないですか」

「瀬名さんは私の母の鬼のような厳しさを知らないから、簡単に言えるんです」

先生は思いつめた表情で吐露する。

「鬼、なんですか。先生の母親って」

「鬼みたいなものです。母は尊敬していますが、とにかく苦手なんです。いざ顔を合わせると緊張でなにも言えなくなってしまうので」

「先生にも弱点ってあるんですね」

「同じ人間なんですから当たり前です」

まさか神崎先生の苦手なものが自分の母親とは意外である。

「弱点を克服するいい機会だと捉えましょうよ。今回挑戦してみれば案外すんなりと関係が変わるかもしれないですし」

「私もいい大人です。この歳になっても変わらないものはそうそう変わりません」

超後ろ向き発言すぎる。このままの精神状態ではいずれ仕事にも支障をきたしかねないぞ。

俺は諦めずに言葉をかけ続ける。

「でも、お見合いを受けたくないからアリアさんに相談したんですよね」

「アリアはうちの親のことも知っています。それを踏まえた上で、私も思いつかない画期的なアイディアを提案してくれると期待していました。それがまさか瀬名さんまで巻きこむなんて突飛すぎるんですよ」

「この人が突飛なんていつものことじゃないですか」と俺は気が抜けてしまう。

「それでも、うちの両親には絶対見抜かれます！」

神崎先生は正座をしながら器用に震える。この怯えぶりは一体なんなのだろう。

先生の想像力は悪い方向に働きすぎてポジティブな発想がまるで浮かびそうにない。

「――いいじゃないですか、見抜かれて」

俺は力の抜けた声で投げかける。

「え？」

「だって嫌なのは最初から伝えたんですよね。その上で押し切られてるわけで」

「そうです」

「ご両親も娘を心配してるからこそのお見合い話。むしろ代理彼氏を立てるくらい今は本気で嫌なんだって、親に見抜かれて正解です。もっと伝わればいいんですよ」

「私の母が考えを変えるとは……」

「先生ってずっと親に反抗せずにきたタイプですよね」

「おっしゃる通りです」

「人生で一番大胆なことが、今回の代理彼氏」

「はい」

「じゃあ絶対驚きますよ。まさか大人しい娘がこんな大胆なことをするなんてって、それだけ十分なインパクトがあります」

インパクト、と神崎先生の顔色が変わる。

「先生。こういう不意打ちは最初の一度きりしか効果がありません。親の想像もつかない突飛なサプライズ、試すなら今しかないです」

俺は先生の瞳をじっと射抜く。

「ですが……」

「大丈夫ですよ。当日は横に俺もいるんです。いくらでもフォローしますから。先生をひとりでは戦わせません」

「瀬名さん」

「遅めの反抗もいいじゃないですか。怒られたら、俺も謝るくらいしますから」

教師に一緒に怒られることを唆すなんて、我ながらとんでもない生徒だろう。

まぁ今さらただの生徒と教師という間柄でもない。

四月にヨルカの朝帰りの噂が流れた時、神崎先生は校内の噂の火消しに尽力してくれた。

今度は俺が、先生のお見合い話をぶっ壊すのに全力を尽くすのもいいだろう。

それが俺と先生で積み上げてきた信頼関係だ。

神崎紫鶴の瞳から迷いの色が消え、いつも怜悧な顔つきにようやく戻る。

「瀬名さん、後悔しませんか？」

「先生、今から断ってもいいんですか？」

俺はすっとぼけてみる。

「ダメです。――あらためて、私の方からお願いします。瀬名希墨さん、力を貸してください」

「できる限り善処します」

教師が生徒を助けるように、たまには生徒が教師を助けてもいいだろう。

アリアさんは横で満足げに頷いていた。

「万事纏まったってことで、詳細決まったらまた作戦会議しよう。じゃあ今日は解散」

アリアさんは立ち上がる。

「あの、瀬名さん。私が言うのも憚られますが、有坂さんの方は大丈夫なんでしょうか？」

一瞬の間を置いて、俺は我に返る。

「おっ⁉」

俺は代理彼氏のインパクトが強すぎて、当のヨルカに納得してもらうという過程をすっかり忘れていた。

「ナイス逆カウンセリング。さすが切り札」

茶室を出た途端、アリアさんは犬をかわいがるみたいにわしゃわしゃと俺の頭を撫でた。

「俺って先生本人への説得こみの人選だったんですね」

アリアさんは最初から俺に説得させる気だった。

その証拠に俺が代理彼氏を承諾したあと、『私はちゃんと聞くから』と言いながら後半はほとんど黙っていた。

ほら、こうやっていつの間にかアリアさんの思惑通り動かされている。

「紫鶴ちゃんも、きみの言葉なら聞くと思ったからね」

「アリアさんが色んな無理や無茶を通して、実現してきたのに納得です」

「もっと褒めていいよ」

「本番はこれからでしょ！」

廊下を歩いているとラインの通知音が鳴り、俺はメッセージを見た。

ひなか：ヨルヨルがご機嫌ななめだよ。

瀬名会のみんなで合流して、暑いから学食で待ってるから。

終わったらこっちに来てね！

みやちーからの報告ラインに、俺がまずもって解決すべき事案に頭を抱える。

「なに、ヨルちゃんへそ曲げちゃった？」

俺の表情から状況を察したらしいアリアさんが当然のようにスマホを覗きこむ。いや、勝手に画面を見るなよ。

「誰かさんのせいでね」

「一緒に来た以上、きみも同罪だからね。私だけを悪者にするなよ」

「だから困ってるんですよ。とりあえず俺は学食行きますから」

「そしたら私も助け舟を出してあげよう。喉も渇いたし」

当然のようにアリアさんもついてくる。

「これ以上ヨルカを混乱させないでくださいよ」

姉ガチ勢のヨルカにとって、アリアさんの言葉は必要以上に響きすぎるところがある。

しかも今回は神崎先生まで絡んでいるので、いつも以上に大変そうだ。

「お疲れのスミくんひとりでも説得できるなら構わないけど、どうする？」

こっちの消耗を見透かすアリアさんは楽しそうだった。

「……まぁ一蓮托生なんですから、それくらいしてもらわないと」

「素直に甘えてくれればいいのに」

「後でなにを要求されるかわかったもんじゃないでしょう」

「私だって同じ人間だよ」

「恐怖の大魔王のイメージが抜けないんです」

「高校生にもなって、まだそういうこと言って」

「はいはい。アリアさんから見れば、俺はまだまだガキですからね」

「もう、そんなことはないよ」

アリアさんは歌うように言った。

幕間二

「有坂さん。紗夕ちゃんのラインを見たけど、どういう意味？　神崎先生がお見合いで、希墨くんがあなたのお姉さんに拉致られたって」

朝姫ちゃんが早口で問いかける。

あたし達は、ヨルヨルと紗夕ちゃんが待つ中庭に駆けつけた。

「どうもこうも、その通り。それ以上のことはわたしもわからない」

ベンチに腰かけるヨルヨルが棘のある声で答える。

「アサ先輩助かりましたぁ」

ピリピリしたヨルヨルに付き添ってた紗夕ちゃんは、朝姫ちゃんに抱きついた。

「ヨル先輩のお姉さんッ、マジでヤバイです。超絶綺麗で超絶察しがよくて、超絶底が知れないです。ヨル先輩もさっきから虚無状態ですし」

「おーよしよし。がんばったね、紗夕ちゃん」

朝姫ちゃんは泣きついた後輩の背中をぽんぽんと叩く。

「有坂ちゃんのお姉さんもやっぱ美人なんだ。待ってれば会えるかな。期待しちゃうわぁ～」

野次馬根性丸出しのななむーはこの場のピリついた空気にも一切動じない。

あたしはヨルヨルの横に座る。

苛立ちと困惑がないまぜになったような顔つきだった。素直に怒りを爆発させることもできず、だけど不本意に感じている。ずいぶんと複雑そうな事情がありそうだ。

「ヨルヨル、大丈夫？　なにかできることある？」

「ううん。とりあえずお姉ちゃんと希墨を待つしかないから」

心ここにあらずのヨルヨルは長いまつ毛を伏せて、足元に視線を落とす。

日陰とはいえ、暑さはまだキツイ。

長い時間いれば熱中症にもなりかねない。

「ねぇ、学食に移動しない？　涼しいし、冷たい物も飲めるよ。スミスミに連絡しておけば、ちゃんと来てくれるし」

「うん。その方が、いいのかな」

ヨルヨルの反応は薄い。

「有坂さん。とりあえず一から十まできちんと話してくれる？　さっきの説明じゃなにもわからないから。神崎先生がお見合いなんて、クラスとしても一大事じゃない」

「だから、知らないってば！」

朝姫ちゃんの質問に、ヨルヨルは感情的に言い返す。

「……私に八つ当たりしないでよ。お姉さんに希墨くんを連れていかれて機嫌を悪くするなんて子どもみたい」

朝姫ちゃんも険のある言葉を返してしまう。

「アサ先輩も臨戦態勢……」と紗夕ちゃんはさっと朝姫ちゃんから離れる。

危険な気配を感じたのはあたしもななむーも一緒だった。

「クラス委員ってなんでもかんでも口出しするのが仕事なの？」

虫の居所の悪いヨルヨルは、ゆっくりと鋭い視線を向ける。

「有坂さんに助けが必要なら手を貸すけど」

「少なくともあなたには頼まない」

朝姫ちゃんの目つきが変わる。

「頼りの希墨くんに置いてかれて凹んでるのは、どこの誰かしら？」

ヨルヨルが勢いよく立ち上がった。

「前々から言おうと思ってたけど、支倉さんって希墨と拘わろうとするためにクラス委員を口実にしすぎよ」

「そっちこそ依存しすぎじゃない。あんまり重たい女だと、愛想尽かされちゃうよ？」

「おあにくさま。希墨はこんなわたしを好きでいてくれるの」

両者とも容赦なく本音をぶつけ合う。

「うぉーバチバチじゃん。支倉ちゃんも、いつになく攻めるなぁ」

「ヨル先輩も、ほんとうにきー先輩にベタ惚れしすぎ」

ななむーと紗夕ちゃんはドッチボールのような際どい言葉の応酬にヒートアップを期待している感じだった。

「ふたりとも、喧嘩はよくないよ！」

あたしは仲裁に入る。

「ヨルヨルは一旦落ち着こうね。朝姫ちゃんも刺激することは控えて。今はクラスの一大事なんだよね。だから瀬名会として集まった。だから状況を詳しく共有しよう！　ね！　ね！」

瀬名会の内情は複雑だ。

恋人であるヨルヨル以外のあたし、朝姫ちゃん、紗夕ちゃんの三人とも瀬名希墨という男の子に告白していた。

それぞれの態度はみんな異なるので一概には言えない。だけど朝姫ちゃんだけは現在進行形で恋心を抱いているのをあたしは知っていた。

「ヨルヨル。お姉さんのこと、なにがあったのかきちんと教えてほしいな」

そうしてヨルヨルの口から先ほどの出来事が語られた。

説明を聞いたあたし達は、お姉さんがとんでもなく破天荒な美人で、しかもスミスミと中学から面識があることにまた驚かされた。

「瀬名のくせにやたら美人と縁があるな」

「お姉さんが自分より先に恋人と出会ってたって、ふつうにモヤりますよねぇ」

「同感。たとえ実のお姉さんでも連れていかれるのはなんか腹立たしいし」

ななむー、紗夕ちゃん、朝姫ちゃんが思い思いの感想を述べる。

あたしは曖昧な態度でいるヨルヨルに、少しだけ踏みこんだ。

「ヨルヨルが怒っている一番の理由ってなにかな？　お姉さんが恋人を連れていったこと？

それとも、もっと別の理由？」

「……お姉ちゃんのこと」

「どうして？」

ちょっと意外な答えだった。

てっきり大好きなスミスミが自分以外を優先したことに怒っているのだと思っていた。

「わたしも一緒にいたのに、お姉ちゃんが連れていったのは希墨だけだから」

「――さびしいんだ。置いていかれたのが」

「そんなんじゃないってば」

ヨルヨルはムキになる。

あたしはスミスミにメッセージを送り、瀬名会のみんなで学食に移動した。

第六話　本日の恋模様は大荒れ

学食には瀬名会の面々が揃っていた。

みんなは、俺と一緒に現れたアリアさんのまばゆいオーラに圧倒されている。

学食全体までざわつき、こちらのテーブルに注目が集まっているのがよくわかった。

ふたり分のアイスコーヒーを買って、俺とアリアさんも合流する。

「はじめまして。有坂ヨルカの姉のアリアです。みんな、妹と仲良くしてくれてありがとう。これからも助けてあげてね。あ、喉渇いてるならおごるよ。好きにおかわり注文して」

笑顔のアリアさんは気さくに挨拶して着席。

ヨルカを近くで見慣れている瀬名会。だが、よく似た顔が親しみやすい態度で接してくる違和感に面を喰らい、誰ひとりおかわりを申し出る者はいなかった。

俺は俺で、なんというか学食が似合わない人だな、と思いながら冷たいアイスコーヒーで喉を潤す。あーうまい。渇きが癒されていく。

「スミくんは、ブラックでいいの？」

「問題ないです」

「じゃあガムシロップちょうだい。甘い方が好きなの」と俺の分を自分のグラスに入れていく。

俺は黙ったままのみんなの様子をこっそり見る。

先ほど会った紗夕は警戒するように身構え、朝姫さんは笑顔を保ちつつ見定めるような視線を送る。ヨルカの横で気遣うように座るみやちー。

「……お姉ちゃんまで来るとは思わなかった」

ヨルカは意外そうに姉の方を見る。

「だって懐かしいんだもの、学食で休憩くらいしたくなるよ」

「いつも忙しいのに。てっきり用件が済んだらすぐ帰るのかなって」

「かわいいスミくんに助けてって頼まれたら断れないし」

「そりゃ頼みましたけど、誤解を招く言い方はしないでくださいよ！」

意味は同じでも受け取る側の印象が異なる。

ほら、女性陣の視線が一段と厳しくなったし。

「えー私ひとりでお茶したってつまんないじゃん。ヨルちゃんがお世話になっている友達にも会ってみたかったし。けど、なんでこんなかわいい子集まってるの？　スミくんハーレム？」

「なわけあるか」

「恋人ができたら急にモテ出すって言うじゃない。まさかスミくんにも当てはまるなんて」

「妹の前で、よくそんな冗談言えますよね」

「そりゃヨルちゃんのベタ惚れぶりは家でいっぱい聞かせてもらってるよ」

「ヨルカ、そうなの？」

俺は嬉しくなって、つい確認してしまう。

「お姉ちゃんが無理に聞き出そうとするから」

「えーそんなことないよ。スミくんの話をするヨルちゃん、幸せそうな顔してる」

「違うッ！　違うの！　そんなんじゃないってば！」

身内の証言により明らかにされるヨルカのプライベート。

一同は生温かい眼差しでヨルカを見てしまう。

「お願いだからわたしのことは勝手に話さないで。希墨も、お姉ちゃんと結託しないでよ」

「スミくん。もっと知りたかったら、裏でこっそり。ね」

恋人の姉は上手にウインクを飛ばしてくる。

めちゃくちゃ知りたい。知りたいけど、ヨルカ以外の女性陣の視線がすごく痛い。

「ね。きー先輩とかなり仲がよさげですよね」

「希墨くんって年上もありなんだ。あ、神崎先生ともあんな親しげなのももしかして……」

「スミスミ。いくらタイプでも恋人のお姉さんだよ」

穿った見方をする紗夕と朝姫さん。みやちーはやたら心配顔だった。

「アリアさんは俺の中学時代の塾講師！　それ以上でもそれ以下でもない」

「そうそう。あの頃のスミくんは小生意気なガキんちょだから、恋愛対象として魅力を感じるにはちょーっと無理があったかな」

あらぬ疑いを、笑い話にもならんと俺とアリアさんは否定した。

現状の美人モードな有坂アリアしか見てなければ、邪推したくなる気持ちもわかる。

だけど俺が教わっていた頃はこんな見た目じゃなかったし、スパルタ教師に恋するような暇も余裕もない。

「今ならどうなの？」

「あのさー朝姫さん、アリアさんはヨルカのお姉さんなの。今も昔もないって！」

朝姫さんが的外れな質問を重ねる。なんだって今日はこんなに食い下がるのだろう。

「じゃあ、有坂さんの姉さんじゃなかったら？」

「そういう仮定の話、意味もないし今は関係ないだろう。朝姫さん、なんか変だよ？」

俺は思わずムッとしてしまう。

「あの、受験期のきー先輩の余裕のなさは私が保証しますよ。そんな浮かれた気配なんて微塵もなかったです。もし誰かに片想いでもしてたら嫌でも私が気づくでしょうし……」

朝姫さんらしかぬ態度に、紗夕がすかさずフォローしてくれる。

同じ中学の後輩だった紗夕は当時の俺を見ており、説得力があった。

「幸波ちゃんは健気だなぁ。そんな自虐的なフォローをせんでも」

そんな美人と見ればとりあえず声をかける七村が、今日はやけに大人しい。

「七村、珍しく静かだな。テスト勉強して体調でも悪いのか」

「バカたれ。俺は相手をちゃーんと選んでるんだよ。それが勝率を上げるコツ。瀬名みたいに高すぎる目標に特攻した物好きじゃないの。あと、おまえの面倒に巻きこまれたくない」

「なんだよそれ？」

俺と七村がヒソヒソ話をしていると、アリアさんがちょいちょい腕をつつく。

「こーら男子、堂々と内緒話とはどういうつもり？」

「すみません、お姉さん。瀬名ってば俺のことが大好きだから」

七村はふざけて、場の緊張をほぐそうとする。

「じゃあしょうがないか。背の高いきみはスポーツマンで爽やかだからモテそうだね」

「お姉さん、ぜひ俺とふたりきりでデートでも！」

すかさず攻めに転ずる七村。おい、さっきまでの様子見の構えはどこへ行った。

「お誘いは嬉しいけど今は忙しいんだ。十年後にでもまた声かけて」

「やっぱり年下は恋愛対象外って感じですか？」

断られてなお恋愛トークを掘り下げていく七村。これぞリア充的メンタル&トークスキルに拍手を送りたくなった。他の子も、アリアさんの恋愛話には興味津々だ。

「魅力を感じれば年齢は関係ないでしょう」

アリアさんは希望をもたすように微笑む。

「お姉ちゃんは昔から自由すぎるもんね」と、ヨルカがポツリと漏らす。

「ヨルちゃん、まだ昔のことを怒ってるの？」

「別に」

「それ、怒ってる時の態度だよ」

ヨルカはムッとしながらも、それ以上の言葉は発さなかった。

「ねぇ、スミスミ。そろそろ神崎先生のお見合いの件、話してほしいな」

タイミングをうかがっていたみやちーが、おもむろに切り出す。

俺はアリアさんを確認するように、顔を見る。

「スミくん、やめた方がいいよ？」

「ちょっと！　助け舟出してくれるんでしょ！」

「気が変わった」

「気ままずぎでしょうッ！」

アリアさんは急に知らん顔で、ちゅーとアイスコーヒーを飲む。

俺は仕方なく自分で打ち明けた。

代理彼氏となって、神崎先生のご両親に会い、お見合いの話を断るという作戦。

聞き終えて、七村だけが腹筋が崩壊しそうなほど大笑いしていた。

「すべてにおいてありえない！」と激怒したヨルカ。

「その作戦、破綻してませんか？」と嘲笑する朝姫さん。

「いくらお姉さんでも酷すぎですよ」とドン引きなみやちー。

「なんで、きー先輩でいけると思うんですかね」と困惑する紗夕。

女性陣、一斉にアリアさんに向かって猛反発。

「私は紫鶴ちゃんのご両親にも会ったことあるし、スミくんのこともよく知ってる。別に無謀な賭けじゃないよ。心配いらないから」

アリアさんは顔色ひとつ変えない。

その自信に満ちた佇まいはそれだけで納得してしまいそうな説得力がある。

「私には失敗する未来しか浮かびませんけど。神崎先生は教師を辞めて、ついでに希墨くんと有坂さんが別れるのがオチですよ」

朝姫さんの率直すぎる感想に、俺は苦笑いさえ浮かばない。

「ちょっと、勝手に別れさせないでよ！」

ヨルカは朝姫さんに対してはすぐに言い返す。

「文句なら私じゃなくて、あなたのお姉さんに言って」

「あたしも朝姫ちゃんと同意見。ヨルヨルもおかしいと思うよね？」

朝姫さんの意見にみやちーも賛同する。

「それはそうだけど、お姉ちゃんの言うことだし……」

「どうしてこういう時に限って感情的にならないのよ？　今こそ言うべき時じゃないの」

ヨルカの煮え切らない態度に、朝姫さんはイラついていた。

「はいはい、子ども同士の喧嘩はお姉さんが帰ったあとにしてねー」

アリアさんは気の抜けた声で、朝姫さんの言葉を遮る。

「今回は、紫鶴ちゃんの人生がかかってるの。誰だって無理やり結婚させられたくないよね。そのせいでやりがいのある仕事を取り上げられるのは嫌でしょう？」

「その言い方は卑怯ですよ。神崎先生の事情と、希墨くんが拘わるのは別問題です！」

「ほーら、あんまり駄々をこねないの」

アリアさんは子どもをあやすみたいに朝姫さんをあしらう。

「――勘違いしているみたいだから、はっきり言うよ。私が協力を頼んだのはスミくんだけ」

アリアさんは柔和な表情を崩さず、しかし明確な一線を引く。

「それでも、もっとやりようがあると思います」

「じゃあ、みんながハッピーになるすごい解決策をお姉さんに教えて。お願ーい」

当然、朝姫さんはすぐに答えられない。

「私は瀬名希墨が適任と判断したの。そして彼も自分の意思で引き受けてくれた」

アリアさんの話し方はゆっくりだけれども、部外者の意見は聞いていないという態度。

「だから、引き受けること自体がおかしいんですよ！　希墨くん、絶対利用されてるから！」

朝姫さんはムキになって声が大きくなる。

「ねぇ、どうしてあなたがそんなに声を荒らげるの？」

「私は神崎先生を尊敬しています。希墨くんと同じクラス委員だからこそ教師を続けてほしい気持ちは一緒です」

「あら、私も紫鶴ちゃんを尊敬してるよ。あなたと同じね」

「一生徒である彼が担任のプライベートに拘わるのが問題だと言ってるんです！」

「……それは、あなたの彼への評価でしょう。私は違うもの」

「常識的な判断です！」

「――けど、あなたは失敗してくれた方が都合いいんじゃないの？」

アリアさんは含みのある笑みを口元にうっすらと浮かべた。

「なんの、ことですか」

「ここにはみんなもいるけど、言っていいのかな？」

アリアさんはまたしてもなにかを見透かしているようだ。

大人の余裕で値踏みするかのように朝姫さんの反応を明らかに試していた。

「アサ先輩ッ！　それ以上はダメです！　ストーップ！」

声をあげたのは紗夕だった。テーブルから身を乗り出して止めにかかる。

「お好きにどうぞッ！」

だが紗夕の制止も虚しく、朝姫さんは威勢よく売られた喧嘩をあっさり買っていた。

「あなたもスミくんのこと好きじゃない」

「────っ」

朝姫さんは赤面し、俺達も絶句する。

「むしろ私はあなたの味方じゃないのかな？　今回のことが失敗して、つけ入る隙ができればあなたにもチャンスが来るかもよ？」

恐怖の大魔王っぷりを遺憾なく発揮して、他人の恋心を暴くアリアさん。

出会い頭に同じ目に遭った紗夕だからこそ、この展開を先に察知できたらしい。

本日二度目、容赦なき所業である。えげつねぇ。

「ええ、まだ好きですよ！　悪いですか！」

しかも朝姫さんはヨルカの前で開き直った。

まさかの超展開に俺とヨルカは固まってしまう。

みやちーと紗夕は元々知っていたらしく、あーあーみたいな反応をしている。

七村は吹き出しそうになるのを必死に堪えていた。

俺は唖然としたまま朝姫さんを見てしまう。

「こっち見ないで！」

「す、すみません！」

朝姫さんに叱られて、思わず顔を背けた先には——ヨルカがいた。

「やっぱり希墨に未練あったのね！　いい加減諦めなさいよ！」

「べ、別に有坂さんには関係ないでしょう」

「大ありよ！　毎回どさくさに紛れて、わたしの彼氏に告白しないで！」

「告白じゃないから。ただ好意がうっかりバラされただけで」

「実質一緒じゃない！」

「だからクレームは、あなたのお姉さんに言ってよ！」

さすがの朝姫さんもいつもの冷静さはなく、八つ当たりのようにアリアさんを指差す。

「ふたりとも、あんま騒がない方が。ここ学食だし」

俺を置き去りにしてヒートアップするふたりを、なんとかなだめようとする。

「「黙ってて‼」」

ヨルカと朝姫さんは声を揃える。

みやちーや紗夕、七村は立ち上がってふたりの喧嘩の仲裁に入る。

アリアさんは最後に一口だけ優雅にアイスコーヒーを飲んで、「じゃあ私は帰るから」と席を立ち、俺も慌てて追いかけた。

廊下を歩くアリアさんに俺は並んだ。

「お見送りまでしてくれるの？　スミくん、紳士。そういうところポイント高いよ」

「文句を言いにきただけです。俺を助けてくれるんじゃなかったんですか？」

この人はあれだけのことをして、なんで涼しい顔をしていられるんだ。

「だから助けたじゃん」

「あのカオスを引き起こしておいて？」

「むしろ火種はずっーとくすぶってたんだよ。スミくん達が、惚れた腫れたの子達でグループとしてまとまってた方がすごいんだよ」

「客観的なご意見をどうも」

「いえいえ、どういたしまして」

「嫌味のつもりなんですけど」

俺はつくづくアリアさんの危うさを思い知らされる。

物静かで受動的なヨルカでさえ、その存在感が周囲にもたらす影響力は大きい。それは教室でのヨルカを見ていて十二分に理解していたつもりだった。

だが、姉である有坂アリアは意図的かつ能動的だ。彼女の一挙手一投足が周りの人間を巻きこんで、よくも悪くも刺激して、巨大なうねりを生み出していく。

「核心を突く一言さえあれば、人の気持ちは揺さぶれるのよね」

いや、簡単に言ってくれるけど難しいから。

さながらドミノ倒しのごとく、ひとりの秘めた感情を明らかにすることで周りに連鎖反応を引き出す。そうして否応なく状況は変わらざるをえない。

「そうやって高一で生徒会長になれたんですか？」

「私は、ちょっと演説が得意なだけよ。ついでに第一印象が抜群にイイだけ」

「ご自分の武器をよく知ってるのは結構ですけど、あんまり悪用しないでくださいよ」

「しないってば」

「妹の心をかき乱して、瀬名会崩壊の危機を招いてるじゃないですか」

「学生時代の友達なんて本気で仲良くないと卒業後も続かないから」

「塩っ辛いこと言わないでくださいよ。切ないなぁ」

「だから惰性じゃない、長く続く相手は貴重なんだよ。恋愛でも友情でもね」

「一生の付き合いになるかもしれない結束が、アリアさんに壊されかけてるんですけど」

「あれくらいどうってことないよ。私はむしろ感心してるくらいなんだから」

「どこに？」

「ヨルちゃんが、昔と違って他人に強い自己主張できてるんだもの。驚いちゃった。あんなに本音を表に出すのが苦手だった子なのに」

「そりゃ去年よりはかなりヨルカも変わりましたけど」

「あの賢そうな子だって大物だよ。私やヨルちゃん相手に怯まず意見できるんだから。それってかなりすごいことだって」

確かに、朝姫さんも大したものだ。有坂姉妹を相手に遠慮なく言葉を交わせている。大抵の人なら彼女達の美貌に圧倒されて、コミュニケーションがうまく取れなくなってしまう。

「けど評価してるくせに、挑発するんですか？」

「だって紫鶴ちゃんやスミくんのことで文句言ってくるのは私も気に入らないし」

「……俺、アリアさんのことがわかりません」

「年上の女はミステリアスなくらいがちょうどいいんだよ」

「アリアさんは別格すぎますよ」

「いいね。私、特別扱いは好きよ」

俺がなにを言ったところで、どうもアリアさんを面白がらせるだけみたいだ。

「お見送りはここでいいよ。詳細が決まったら連絡するから。またね」

この人には敵わない、とつくづく思う。

ヨルカと朝姫さんの険悪な空気は収まる気配がなく、本日の瀬名会は解散となった。

みやちーがヨルカに、紗夕が朝姫さんにそれぞれついていき、俺と七村だけが残される。

「どうする、俺達は帰るか？」

「野郎だけだし、たまにはラーメンでも付き合えよ。小腹が空いた」

七村の提案で、俺達は駅前で行きつけのラーメン屋に向かった。

「いやーしかし支倉ちゃんにはビックリさせられたなぁ」

こってりした家系ラーメンを啜りながら、七村は当然のごとく学食での一幕を振り返る。

「アリアさんを連れてきたのは完全に裏目に出た」

代理彼氏の件を上手くフォローしてくれると期待していたのに真逆の結果になった。

「瀬名。あれくらいで修羅場だと思ってるならまだまだだぜ」

「そんな修羅場の経験なんてしたくないから」

「今回はむしろ有坂ちゃんのお姉さんには助けられたくらいだろ」

七村はアリアさんと同じようなことを言う。

「どこが？」

「わからねぇの」

「あぁ」

「授業料、チャーシュー一枚でいいぞ」

「高いな」

俺は自分のチャーシューを七村のどんぶりに移した。

「そもそも代理彼氏なんてぶっ飛んだ方法をとる時点で荒れるに決まってるだろ。綺麗にみんな丸く納得なんてありえん」

「それはわかってるけどさ」

「瀬名。おまえは義理堅くて、いいやつだ。困ってる人がいれば放っておけない。世話になった有坂ちゃんのお姉さんや、現在進行形で世話になってる神崎先生のために男気を見せたのもわかる。俺もどうせ毎日眺める担任なら、神崎先生みたいな美人がいい」

「そういうところは相変わらずだな」

「事実だろう。人間誰しも替えが利く。スポーツマンが怪我したら別の選手が試合に出る。学年が上がるだけで友達も変わる。担任もそうだ。卒業したら？　もちろん会うやつは限られる。恋人なんてもっと残酷だぞ。セックスしたって別れる時はあっさり別れる。絶対のオンリーワンは滅多にない」

七村の断言に反論したいところだが、それが現実なことくらいは俺もわかってる。

「お姉さんはさ、有坂ちゃんの怒りの矛先をおまえ以外に変えてくれたんだよ。代理彼氏の件が有耶無耶になって、おまえを取り合う大喧嘩になったろ。支倉ちゃんは、完全なとばっちりだから気の毒っちゃ気の毒だが」

「だけど、それはなんの解決にもなってないだろ。それに朝姫さんの気持ちだって……」

「瀬名。誰かを選ぶってことは、別の誰かを選ばないってことだ」

七村は俺の目を見て、言った。

「おまえが一番大事なのは誰だ？　それだけは間違えるなよ。振った相手のことをいつまでも気にするのはやさしさじゃなくて、ただの個人的な感傷だ。おまえは、もう、なにもしてやれない。優先順位がいちいち変わるようなら、それこそ大事な相手を失うぞ」

七村は真剣な口調で釘を刺す。

「わかってる。俺の一番はヨルカだ。それは絶対に変わらない」

俺の答えに七村は満足げに大きな笑みを浮かべ、俺のチャーシューを一口で食べる。

「まぁ瀬名の有坂ちゃんへの本気っぷりは疑ってないんだわ。むしろ、その自覚がある上で他の連中まで気にかけるから厄介なんだよ」

「悪かったな、お人好しで」

「瀬名は凡人のくせに、理想が高いんだよ。だから余計な苦労を増やすんだぞ」

「わかってんだけどさ……」

「去年助けてもらった俺が言うのもなんだが、板挟みで潰されるなよ。有坂ちゃん泣くぞ」

「違うよ、七村。一番の板挟みはヨルカだ。アリアさんまで出てきたら、いつもみたいにはいかないんだ。複雑な気持ちはいろいろあると思う」

全員と他人である俺は人間関係が壊れたら離れるしかない。いや、離れることができる。

だけど今回ヨルカだけは違う。

最悪の場合、不和や不満を抱えてもアリアさんとは肉親であり続けねばならない。

「そこまでわかっておいて、おまえってやつは」

「ほんとにな。ヨルカに見限られないかってヒヤヒヤしてるよ」

「……まだ、そんな寝ぼけたこと言ってるのか？」

信じられねぇという顔で俺を見る七村。

「いや、散々いじってきた俺のせいでもあるか。悪い。別にもうおまえらを格差カップルなんてクラスの連中は思ってねぇよ。教室での有坂ちゃんの様子を見れば、本気だってことくらいみんなわかってる。瀬名は有坂ちゃんのおまけじゃない——有坂ちゃんが瀬名の彼女だ」

「七村、おまえいいヤツだな」

「俺はいつだって頼りがいのある男ナンバーワンだろ」

友人の力強い言葉は、俺の弱気を消し飛ばしてくれた。

「ここからはサービスだ。瀬名、おまえの最大の武器を特別に教えてやろう。いわゆる切り札ってやつだ」

「そんなもの、俺にもあるのか？」

「ある」

「どんなものよ？」

「おまえだけが、有坂ちゃんの本気を引き出せること」

俺は友情のありがたみを噛みしめた。

七村とラーメンを食ってから帰宅した俺を待っていたのは、妹の無邪気な歓迎だった。

「きすみくん、おかえりー」

「ただいま」

「テスト前に遅かったね。ヨルカちゃんとデート？」

「……映はいつから俺の行動をチェックするようになったんだよ」

「ママから、きすみくんがサボってないから見ておいてって言われた」

母親の差し金か。信用ないな。中間テストで順位上がったんだから、少しは大目に見てもいいだろうに。

「映。母さんには、ちゃんと勉強してるって報告しておいて」

「わかった」

小学四年生の割に外見は大人びているが、中身はお子様の妹である。ちょろい。

俺は自分の部屋にはすぐに向かわず、一階のリビングのソファーで横になる。

正直、代理(だいり)彼氏(かれし)やら学食の一件で疲(つか)れた。ラーメンでお腹(なか)もいっぱいだから、まるでテスト勉強に向かう気力も起きない。

俺がソファーでぐでーっとしてる横で、映(えい)は自分のスマホを熱心にいじっていた。

「きすみくん、お勉強しなくていいの？」

「お兄ちゃんと呼びなさい。あと今は休憩中(きゅうけいちゅう)。映(えい)こそなにしてるんだ？」

「お友達とライン」

「へぇ」

横目で見ながら、映(えい)の指の速度は俺よりめっちゃ速い。相手もかなり打つのが速いらしく、通知音がポンポンと絶え間なく鳴(な)り響(ひび)く。最近の小学生はすごいね。

それにしても通知音がうるさい。

「映(えい)。うるさいから、せめてマナーモードにして」

「きすみくんが部屋に行けばいいじゃん」

「今はベッドよりソファーの気分」

「映(えい)もこれからテレビ見る気分」

話しながらも通知音は鳴り続ける。

仕方ないと俺は身体を起こして、自分の部屋に行こうとした。

「あ、待って。きすみくん！」

「ん。俺が移動するぞ」

「――ヨルカちゃんとなにかあったの？」

ドキリとしてすぐに映の方を振り返る。

どうした、妹よ。今日はやけに鋭いではないか。ニュータイプに覚醒でもしたのか。

「いきなりなんだよ？」

「いいから教えて！」

「喧嘩というか、ちょっと問題が起こって複雑なことになっている」

俺は小学生に相談しても、どうにもならないと知りながらも話してしまう。

「ダメだよ。はやく仲直りしなきゃ。また春休みの時みたいになったら、映は嫌だからね」

「あの頃ってそんな酷かった？」

「きすみくん、すごーくすごーくすっごーく変だった」

三回も繰り返して強調されてしまった。

映がこれだけ言うのだから、春休みの俺はかなりダメダメだったらしい。

「そうならないようにがんばるよ」

「うん、がんばって！」

俺はポンと映の頭に手を置いた。

「ところで、なんで俺とヨルカになにかあったって思ったんだ？」

「えーっと、勘！」

映のスマホからまた通知音が鳴った。

第七話　愛のバイアス

「瀬名会、夏休みを前に空中分解の危機だな」

それが俺の率直な感想である。

期末テスト前の慌ただしい空気もあり、教室での俺達はなんとなく会話が減った。

七村やみやちーとは軽くおしゃべりはするが、代理彼氏の話題について触れることはない。

朝姫さんはあれ以来、クラス委員としての事務的なやりとりの他には雑談さえなくなった。

こちらと目が合うと逸らし、用件が済むとすぐに立ち去る。明らかに食堂でのカミングアウトが尾を引いていた。

教壇に立つ神崎先生も表面上は何事もなかったように振る舞う。しかし代理彼氏の件を知る一部の生徒達の視線を浴びて、さすがの鉄面皮も時折揺らぐ。

そして肝心のヨルカ。

昼休みはいつものように美術準備室でふたりきりでランチをとる。

「お姉ちゃんと話そうとしたけど、はぐらかされた」

「そ、そうか」

「希墨の方も、なにか聞いてない？　連絡先も交換したんでしょ」

「特には。俺からは一度も送ってないし、連絡も来てないぞ」

ヨルカに言われた通り、俺はアリアさんとの距離感には気を遣っている。

「……なんでそんなギクシャクしているの？」

「いや、なんとなく後ろめたさから」

ヨルカは拍子抜けするほどふつうに話してくれた。

「ぎこちなくなるくらいなら代理彼氏なんて引き受けないでよ」

「すみません。……あのヨルカ、怒ってないの？」

俺はあまりにヨルカの態度がいつも通りすぎて、つい訊ねてしまう。

「それは誰に対してのことを指してるかしら？　わたしのお姉ちゃん？　あのクラス委員？　それとも担任のこと？」

うわーどれを答えても不正解になりそうな超難問。

「えーっと、俺自身の振る舞い」

「わたしの恋人がお人好しで困ってる人を放っておけない性格なのはもう知ってる。それが嫌なら最初から付き合ってないから」

ヨルカは呆れる。

俺の恋人の寛大な心に感謝しかない。同時に、こうも思う。

「俺の恋人がこんなに聖女なわけがない！」

「疑心暗鬼すぎるでしょ！」

ヨルカがやっと怒った。

「あーヨルカらしいリアクション」

「なんで怒られて喜んでるのよ。情緒不安定にも程があるってば」

「ヨルカがやさしいから」

「もう甘やかすの止めようかな……」

「嘘です、ごめんなさい。愛しているから許してください」

「お姉ちゃんにあんなに頼られてるのが気に入らないんですけどッ」

「ヨルカはどんだけアリアさんが好きなの！　神なの⁉　シスコンを超えて崇拝じゃんッ！」

俺とヨルカの間で、問題意識の差がすごい。

「わたしだって、お姉ちゃんがどうして希墨だけ頼る理由がわからない」

「だよな。俺はただ勉強を教わってただけなのに」

「……昔のお姉ちゃんに変な真似してないわよね？」

「するわけないし、できるわけないだろう。なんもかんもヨルカがはじめてだよ。今さら言わせるな」

自分で言って気恥ずかしくなってしまい、俺はヨルカから目を逸らす。

視線の先のテーブルに並んだ石膏像は今日も白い裸体で固く動かずしゃべられない。ただの物体なら怯まずに眺めていられるというのに、生身の女性と接するのは常に難しい。

経験値の低さゆえに毎度思い悩み、翻弄されてしまう。

俺はできる限り取り繕わず、ヨルカに対して素直に答えたつもりだった。

なのにヨルカはふいに黙りこむ。

「…………そ、そう」

視線を戻すとヨルカは照れていた。まんざらではないと喜んでいる風にさえ見えた。

家に誘ってくれた時と同じように、手は落ち着かなく毛先を弄ぶ。

世の中には経験豊富が強みになることも多いが、それがすべてとは限らない。

そんな彼女の些細な振る舞いに、俺は簡単に救われてしまう。自信をもらえる。

言葉にするのは大切だ。

だけど、言葉以外でも肯定してもらえることもある。

ヨルカはとても美人で優秀だけど、平凡な俺を疑いようもなく愛してくれていた。

俺の好きな女の子は、ただの俺と望んで一緒にいてくれるのだ。

「ヨルカにとって、俺は俺のままでも大丈夫なんだな」

「？　そりゃそうでしょう」

目と目が合う。

沈黙と呼ぶには、あまりにも短い時間。そのわずかな間もお互いから目を逸らさない。その唇はすぐそこにある。

俺はそっと彼女に顔を近づけようとした。

「────ッ、ダメ！　まだ食事中だから！」

ヨルカに突き飛ばされ、俺は床にひっくり返ってしまった。

「わぁ、ごめんね！　大丈夫！」

ヨルカはすぐに俺を起こしてくれる。

こんな痛みどうってことない。

むしろ、ヨルカの姉に対する過剰な憧れが妙に気がかりだった。

どうにも昼休みのキス未遂を意識しすぎたヨルカにより、今日の放課後に集まらなかった。

このまま家に帰ってもだらけてしまいそうだから、下校時刻まで図書室でテスト勉強をして帰った。

久しぶりにひとりの帰り道を歩いていると、アリアさんから電話がきた。

『あ、もしもしスミくん？　今どこ？』

「学校から家に帰る途中です」

『ちょうどいいや。これから打ち合わせをしよう！　もうすぐ私も駅前に着くから、スミくんも来て。合流しよう』

「え、今からですか？」

『お姉さんが美味しい夕飯をごちそうしてあげるからさ。着いたら、電話して』

一方的に用件を告げられ、電話は切れてしまう。

タイミングよく腹の虫も鳴った。

「まぁおごりならいいか」

どうせ今日は金曜日だ。とやかく言われまい。今日は親も家にいるから映の夕飯を心配する必要はない。友達とテスト勉強がてら夕飯食べてくると母親に連絡を入れて、そのまま駅に向かった。

「念のため、ヨルカにも伝えておくか」

希墨：アリアさんから代理彼氏の件で呼び出しを受けた。
終わったら、また報告する。

駅が見えてきた頃、ヨルカから返事がきた。

ヨルカ：わかった。連絡ありがとう。
お姉ちゃんとの距離感には気をつけること。

希墨に近づいていいのはわたしだけだからね。

これは、恋人しての嫉妬。


シスコンな妹としての気持ちだけではなく、恋人として純粋に異性との距離感について釘を刺される。

俺はこういうヨルカの回りくどい好意の表し方もかわいくて仕方がなかった。


駅のロータリーを一望するも、アリアさんらしき人影は見当たらない。

アリアさんに電話を折り返せば『そのまま真っ直ぐ来て。目の前のタクシーに私も乗ってるからさ』と指示される。

ロータリーに停車していたタクシーのドアが開いて、アリアさんが顔を出す。

「あ、制服のままなんだ？」

「学校から直行なんで」

「ヨルちゃんと学校でイチャついてたの？」

「ひとりでテスト勉強ですよ」

「偉いねぇ、ちゃんとテスト勉強をするなんて。私はほとんどしたことなかったな」

「それは頭のいい人だけの特権です」

「まぁいいや。乗って」

言われるがままタクシーの後部座席に滑りこむ。

「大学生って、こんなしょっちゅうタクシー乗るんですか？」

俺がシートベルトを締めると、タクシーは最寄りの駅を静かに離れていく。

「ヒールの高い靴だと歩くの大変なの。女子をエスコートする時は足元を要チェックだよ」

「今日もオシャレなんですね」

「そりゃスミくんに会うために、ちゃんとおめかししてきたんだから」

「ありがとうございます。でも、俺相手なら別にラフなのでもいいんですよ」

正直、塾講師の頃の気の抜けた服装の方がこちらも気が楽だ。

「──やさしいじゃん。その気持ちだけ受け取っておくよ。昔と違って人前でプレゼンする機会も増えて、さすがにまともな格好しろって周りからも怒られるからさ。最近は出かける時くらいはちゃんとするようにしてるんだ。今日は超大事な打ち合わせがあってさ」

「ほんとうに忙しいみたいですね。ヨルカがさびしがってますよ」

「今はきみがいるから」

「アリアさん的には、妹に恋人ができたのをどう思ってるんです？」

「驚きと祝福、それに殺意を少々」

「物騒な本音ですね」

「かわいい妹が好きな人と結ばれたのは素直にお祝いしたくなるよ。繊細で人付き合いが苦手なヨルちゃんが心を開くような相手に出会えてよかったねって。同時に、傷つけたらただじゃおかないぞとも思ってる」

「アリアさん、表情が恐いっす」

「ただ、相手がスミくんだって知った時は正直腑に落ちたし安心もしたよ」

「南の島から盗撮写真を送った時にですか？」

「そう。瀬名希墨って懐かしい名前を見て、彼なら真面目だし安心だなって」

「俺、勉強を教わってただけですよね。アリアさんに過大評価されるようなことありましたっけ？」

アリアさんは少し考えて、こう答えた。

「──きみはなんていうか、相手を素直にするところがあるんだよ」

「俺がふつうすぎて舐められやすいってことですか？」

「もうちょいポジティブに、頼られやすいとか甘えやすいって捉えなよ。せっかく褒めてるんだからさ」

「そのせいで代理彼氏なんかやらされてるんですよ」

「あはは、確かに」

ったく、調子のいい人だな。

タクシーはいつの間にか住宅地の方へ向かっていた。

「というか、この前はよくもやってくれましたね。おかげで瀬名会は崩壊寸前ですよ」

七村から別角度の意見を聞いているものの、俺はどうしても一言言っておきたかった。

「かわいい妹の恋人に横恋慕するお邪魔虫を見つけたんだよ。そりゃ心配になるってもんでしょう」

「なにもみんなの前でバラさなくても。さすがに……」

「本心を殺してみんな仲良くっていう態度がちょっと気に喰わなかったんだよねぇ」

「ふつうは見抜けないし、隠してることを暴く方が悪趣味では？」

その高い洞察力は、相手を丸裸にする。

些細なヒントを見逃さず、正確に全体像を組み上げて発言するからアリアさんの言葉はどうしようもなく影響力が強い。

たとえアリアさんが俺を庇うためだとしても、朝姫さんの立場を考えれば心苦しい。

「それはスミくんにとって都合が悪くなるからかな？」

アリアさんは興味津々な瞳をこちらに向ける。

「そうですね。彼女はクラス委員の相棒です。朝姫さんとぎくしゃくしたら、忙しいことで有名な体育祭や文化祭を乗り切れる自信がありません。誰かさんが学校行事を派手にしたせいで負担が多いんですよ！」

「ズルい逃げ方だなぁ」

「ズルいのはそっちでしょう。これ以上の面倒事が増えて、ヨルカとの時間が削られるのは俺も嫌なんですよ」

ほんとうなら今年こそクラス委員をするつもりはなかった。

それを引き受けてしまったのは、ひとえに神崎先生の頼みだったからに他ならない。

「ふふ、同じクラスで恋愛するってめんどくさいねぇ」

「それをわかって、かき乱したのはどこの部外者さんでしたっけ？」

「スミくん、怒っちゃやだぁー」

駄々をこねるように俺の制服のネクタイを強引に摑んでくるアリアさん。

「ちょ、締めすぎッ！　ダメですって！」

「──私はきみが思うほど大人じゃないってば」

無理やりネクタイを引き寄せられた先にあるアリアさんの顔。俺は逃げることなく彼女の瞳の奥を覗きこむ。

「え、ちょっと。そんな熱心に見つめないでよ」とアリアさんはネクタイを手放す。

「アリアさん。質問に答えてくれますか？」

「えーエロい質問はNGだからね」

「俺が知りたいのはヨルカとアリアさんの過去についてです」

アリアさんのおふざけを無視して、俺は話を進める。

「やっぱりエロい話じゃん」

「どこが？」

「女の過去を詮索するのは、女の中身に興味があるからでしょう」

アリアさんは意味深に微笑む。

「まぁ義理の姉になるかもしれない人ですから、将来の身内として把握しておきたい気持ちはありますよ」

「ふふ、高校生のくせに結婚まで考えてるの？　おませさん」

「俺は本気ですよ」

「私が許すわけないじゃん」

「アリアさんにそこまでの権限はないでしょ？」

「それでもスミくんには渡さなーい」

俺はもう少しだけ有坂姉妹の過去に踏みこむ。

「そんな過保護ならヨルカと向き合ってくださいよ。自分の都合だけでかわいがるんじゃなくて、ちゃんとヨルカの気持ちを聞いてあげてください」

先日アリアさんが学校に現れて俺を連れていく時、姉の言葉にヨルカは逆らうことができなかった。

同時に、アリアさんもわざとヨルカの言葉を聞かないようにしていた風にも見えた。
ヨルカへの過剰な影響力をわかった上で、あえて最小限のコミュニケーションに抑えているように俺は感じた。

「わかってるんだけどさ。ヨルちゃんは真面目で素直すぎて、私に対して聞き分けがよすぎるんだよね」

アリアさんは視線を車外に逸らした。

「ヨルカはもう高校生です。繊細かもしれないけど、自分で考えて判断できますよ」

アリアさんが思っているほどヨルカはもう子どもじゃない。

「ねぇスミくん。ヨルちゃんはなんで人付き合いが嫌いになったと思う？」

「わざわざ質問するってことは、アリアさんは原因に心当たりがあるんですね」

「へぇ、ちゃんと言葉の裏を読めるんだ」

「出題者の意図を読めって俺に教えたのはアリアさんですよ」

「それで、きみの答えは？」

ヨルカの家で中学時代の話を聞いた時は、あくまでヨルカ目線。

本人はあくまで姉という目標を追うのを結果的に止めたことで精神的迷子になる。姉を真似する以外にどうしていいかわからず、周囲の視線を一層ストレスとして感じるようになった。

「周りが思う有坂ヨルカ像と、ヨルカの自己認識とのギャップですか」

ヨルカの目標はあくまで姉のアリアさんのようになること。

たとえ姉妹でも別の人間、いくらヨルカが優秀でも完璧に同じになるのは不可能だ。

「すごい、いい線いってるよ。さすがスミくん」

「正解を教えてください」

「──みんなが、ヨルちゃんに私の幻影を求めすぎなんだよ」

タクシーという密室の中で、アリアさんは懺悔をするみたいに漏らした。

「この前の職員室に行った時みたいに、ですか？」

卒業生のアリアさんを囲む教師達は思い出話を語りながら、今通っている妹を引き合いに出す。そして姉とは違う、と事あるごとに比較する。

アリアさんは唇の端を吊り上げ「その記憶力のよさもあったから、きみは合格したんだろうね」と満足げだ。

ごく自然に手を伸ばし、俺の頭を軽く撫でた。

「そう。自分で言うのもなんだけど私はすごく優秀なの。好き勝手やって、他の人よりすごい結果を出せる。褒められるのは嬉しいし、新しい挑戦は刺激がもらえるからやめられない。私は楽しいし、周りも面白がるからいつも結果オーライになる。私は毎日楽しく生きてきた」

生来のカリスマ性に満ちた有坂アリアは自身が神輿として担がれるのが好きで、他人が彼女を口実に騒ぐのを是とする。

——つまり、本人の資質と評価が一致していた。

「私は、他人から期待されるのを望んでるから別に構わないよ。楽しいから。だけど、それを妹にまで求めるのは無責任だし残酷だよね」

アリアさんは冷笑する。

うっすらと見えた白い歯は、牙のように見えてしまう。

「私とヨルちゃんは四歳差。小学校は途中まで一緒に通えたけど、卒業してからのことは知らない。中学も同じだけど三年間だから入れ違いだ。だから私が卒業した後の影響なんて、まるで気にもしなかった。そんな状況で、ヨルちゃんがどんな風にすごしていたのかも。だから、ヨルちゃんには永聖じゃなくて別の高校に進学してほしかったんだよね。私の幻影がない場所なら、もっとのびのびできたのかなって」

アリアさんの心配はもっともだ。永聖にはアリアさんの伝説はたくさん残っている。

「ただ、ヨルカの性格なら難しいんじゃないですか。むしろ永聖なら神崎先生がいるし、今は俺もいますから」

「私も、今ならそう思えるよ」

その一言で、姉の歯がゆさが伝わってきた。

「昔からこの前みたいな軽いノリで卒業した偉大な姉と比べられてたんですね。同じことを期待される小さかったヨルカは無意識のうちに応えようとがんばりすぎた」

「そう。小学校の高学年から中学生の途中までのヨルちゃんは積極的にリーダーシップをとろうとしてたんだよ。私みたいになろうとしてさ。健気だよねぇ」

「しっくりはきませんけど、想像はつきます」

「ふつうの子ならすぐに諦めるなり、適当なところで無理だと気づくんだろうけどさ。あの子は賢いし、真似できちゃうんだよ」

俺は、アリアさんの苦悩の一端を垣間見た。

家族が、学校生活のすべてを把握するなんて不可能だ。

ヨルカがやっていたのは、下の子が上の子の真似をするなんて無邪気なものではない。

再現不可能なはずの有坂アリアに、妹のヨルカだけは近づけてしまう。

他人はそんなヨルカに有坂アリアの再来を勝手に期待する。

だけど、どうあっても生粋のアリアさんには及ばない。

「ヨルちゃんの性格じゃつらいだけなのに、あの子は一生懸命に周りの無責任な期待にも応えようとした。そうして私みたいにできない自分をどんどん責めるようになった。いつも家で話をすると、真剣にアドバイスを求めてきた。お姉ちゃん教えて、どうすればいいって」

「それで忙しさを理由にヨルカの相談を避けるようになった、と」

「がんばってるのは尊重したいけど、妹が私と比べるせいで傷つくのを止められないんだもの。どんな人も私の言葉は聞いてくれるのに、一番大事なヨルちゃんだけが聞いてくれなくてさ」

「それで、神崎先生に相談したんですね」

ようやく過去と現在の繫がりがハッキリと見えてきた。

尊敬する姉を手本として、必死に真似しようとして消耗していたヨルカ。

そんな一途で頑張り屋な妹を見守ることしかできず、悩んでいたアリアさん。

有坂姉妹はお互いがとても大好き。

ふたりは基本的には変わらず仲良しな一方、今も心のどこかで距離感を測りかねている気がした。

「紫鶴ちゃんは真剣に私の話を聞いてくれたんだよ。いっぱいアドバイスをくれて、私の気持ちはずいぶんと楽になった。だけどヨルちゃんを助けるのには失敗した」

姉に憧れすぎた妹と、そんな純粋すぎる妹だけは上手に導けなかった姉。

「『幻滅すれば違う方向を模索する』」

「……紫鶴ちゃん、やっぱりスミくんには話してたんだ」

「たまたま教えてもらっただけですよ。具体的にどうしたんですか?」

「んーいろいろ説得が通じなくて、たまたま言ったことが効果あり、みたいな」

「それって高校で彼氏ができたってやつですか」

「まぁ紫鶴ちゃんを、男の先生にして彼氏ってことで説明しただけなんだけどね」

とてもあっさりと、とんでもないことを打ち明ける。

「………は？　今なんと？」

「だから紫鶴ちゃんとの学校での出来事を、男の先生との話としてヨルちゃんに伝えてみたの。あんなに怒ったヨルちゃんははじめてだったなぁ」

「もしかしてなんですけど、ヨルカは永聖に入学するまで神崎先生が女性って知らなかったんじゃないですか？」

なんとなく、この人の性格なら言わない気がした。

「スミくん、なんでわかるの？」

「あんた最低だよ！　大好きな姉に手を出した男性教師だって勘違いさせていれば、ヨルカが神崎先生を天敵扱いするのも納得だわ！」

思いつくことが昔から突飛すぎる。

担任教師の性別を変えて、しかも付き合っている設定にして妹に説明だと？　世の保護者が卒倒しそうな虚言奇策の類である。

「そういうお年頃じゃん。いつ彼氏ができたって不思議じゃないわけだし」

「性別詐称してるけどなッ！」

ヨルカも本気でショックだっただろう。

最推しな姉の初スキャンダルに、熱心なファンであった妹は多大なる精神的ダメージを受けたはずだ。

神崎先生が女性だと知ったところで、当時のヨルカの恨み節が消えるはずもない。

「私の真似はやめたけど、反動で今度は他人をみーんな遠ざけるようになっちゃってさ」

「そりゃしっかり人間不信にもなりますよ」

「ヨルちゃんも極端だよね」

「過激すぎる姉がどの口でほざきますかね」

「スミくん、さっきから言葉に棘がある。もっとやさしくしてよ」

「ふざけんな。たとえ過去とはいえ、人の恋人の精神を振り回して！　いい加減にしろ！」

かくして天衣無縫なる姉により、俺のよく知る人間不信な有坂ヨルカになった。

「そこまでしなきゃいけないくらい、昔のヨルちゃんは私の幻影に囚われていたんだよ。私だって妹を騙したくなかったさ……」

アリアさんの横顔には今も苦しみの色がにじむ。

いつも明るくふざけているように装っているが、ふと見せる真剣に思い悩む一面はヨルカとよく似ていた。

「――私もふつうのお姉ちゃんならもう少し楽だったのかな」

「妹の恋人に、担任の代理彼氏を頼むような人には無理じゃないですか」

俺は投げやりに聞き流す。

「スミくん、私のこと嫌いなの？」

「嫌いって答えたらタクシーから降ろします？」

アリアさんはきょとんとした顔をする。

「走ってる最中に飛び降りたら死んじゃうよ」

「飛び降りねぇよ！」

せめて停車してくれ。そんなハリウッド映画ばりの下車なんて危険すぎるわ。

「今さら野暮なことを言わないでさ、最後まで付き合ってもらうよ」

「手伝うと言った以上、男に二言はないですよ」

「うんうん。もしぜんぶダメになっても、私だけはスミくんの味方でいてあげるからね」

「そりゃどうも」

タクシーが止まったのは住宅地の一画にあるマンションの前だった。

「あれ、レストランとかじゃないんですか？」

「もっと美味しいから安心して」

エレベーターで上の階に上がり、とある部屋の前まで向かう。

「やっほー。作戦会議しにきたよ、元カレさん」

「──なんで瀬名さんもいるんですか⁉」

扉を開けて出迎えたのは、エプロン姿の神崎先生だった。

第八話　夜の特訓

「あの、担任の自宅にお邪魔してもいいんでしょうか？」

「アリアが強引なのはいつものことですが、今回は私の問題ですのでやむをえません。ただし他言無用でお願いします」

神崎先生も不承不承といった様子で俺を部屋に招き入れる。

俺が制服のまま来てしまったせいもあり、先生もかなり葛藤しているのが伝わってきた。

学校でのかっちりとした印象が強い神崎先生だが、パステル調のラフな部屋着に生足でメイクも落としているとすごくやわらかい雰囲気になる。長い髪は下の方でまとめてサイドに流す。

「おいおい、スミくん。素の紫鶴ちゃんに見惚れる気持ちはわかるけど立ち止まらないでよ。部屋に上がれないだろ。早く靴も脱いで」

「わ、わかってます」

「すでに作戦会議ははじまってるんだ。しっかり頼むよ」

アリアさんは俺を置いて、悠々と奥の部屋へ進む。

「お邪魔、します」

「……どうぞ」

俺の緊張が伝播しているのか、神崎先生もどこかぎこちなかった。

年上の綺麗な女性、しかも担任の女性教師の自宅に上がるという事態に男子高校生が戸惑わないはずがない。

玄関から部屋の中を見られないように、扉できちんと区切られている。

そこを開けたら、アリアさんは当たり前のように服を脱ぎはじめていた。

「って、なんでそうなるんですか！」

「あ、いつものくせで。すぐ着替えるから、気になるならあっち向いてて」

神崎先生の家のリビングでいきなり着替えるアリアさん。相変わらずマイペースすぎる。

「アリア！　今すぐ寝室へ行きなさい！」

「いいーじゃん。別に見られてもいい人にしか見せないんだから」

「一応、俺もいるんですけど」

「スミくんは、この前見たから今さらじゃん」とあっさり暴露されてしまう。

「瀬名さんッ!?」

「ただの事故ですってば！」

俺はかくかくしかじか有坂家に上がった時のことを神崎先生に説明する。

「それにしてはアリアの態度も甘すぎませんか」

「妹の彼氏ゆえに男としてノーカウントされてるだけです！」と俺は押し切った。

その間に、着替えたアリアさんが寝室から戻ってくる。

ツヤツヤと光沢のある素材の夏用ルームウェア。上のキャミソールは肩や背中の露出が妙に多く、下のショートパンツもゆったりと裾が広めだ。

ふたりともいつもこんな感じで、お好みの服に着替えて女子会でもしているのだろう。

「紫鶴ちゃん、お腹空いたぁ。あ、ビール一本もらうから」

すっかりリラックスモードのアリアさんは冷蔵庫から取り出した缶ビールでさっさと晩酌をはじめてしまった。

おい、作戦会議はどうした？

「……先生、なんか手伝うことありますか？」

「それではお箸や食器をテーブルに運んでください」

手持ち無沙汰な俺は、いつも通り神崎先生の指示に従った。

神崎先生の部屋はその几帳面な性格の通り整理整頓された綺麗な空間だった。色数を抑えた必要最低限の家具には統一感があり、物の置き場もすべて決まっていそうだ。仕事用のデスクと椅子、書類や本の収まった棚。大ぶりな葉っぱを茂らせる観葉植物。くつろぐ用の大きなソファーにローテーブル、反対側にはテレビが壁掛けされている。

だが、部屋の隅に乱雑に積み上がったお見合い写真の束だけが神崎先生の精神状態を如実に表していた。捨てずに律儀に残しているところが先生らしい。

「はい、じゃあ乾杯！」

アリアさんの音頭に合わせてグラスを突き出す。

大人ふたりはお酒、俺は未成年らしくコーラを飲んでいた。

「さあ、紫鶴ちゃんの手料理に感動するんだ！」

「なんでアリアさんが偉そうなんですか？」

もう缶ビールを一本飲み干して、すでに上機嫌なアリアさん。

アリアさんは作戦会議と称していたが、もはや完全なる宅飲みではないか。

テーブルの上にドンと置かれたのは鍋だった。

「なんで夏場に、鍋？」

「アリアのリクエストでキムチのチゲ鍋です」

ぐつぐつと煮えたぎる赤い鍋。たっぷり野菜とキノコに豚肉、海鮮類と具だくさんで見ているだけで食欲をそそる。ただ、

「死ぬほど辛そうなんですけど」

「暑い時に辛い物を食べる。これがいいんだよ」

アリアさんはわざわざ部屋の冷房を切り、鍋奉行となって三人分の皿に取り分けていく。

一口食べれば、野菜や豚肉の甘みとスープの辛みの絶妙なハーモニーが広がる。食欲を増進する重層的なスパイスの辛みが圧倒的に美味い。

さらに神崎先生は俺に白米の盛られた茶碗を渡してくれる。

俺は鍋の具材を白米にバウンドさせて口に放りこんでいく。ほとんど永久機関である。箸が止まらない。マジで美味すぎる。

そうしてあっという間に茶碗が空になった。

「おかわりはいりますか？」

「ください」

若い肉体は食欲には逆らえない。

「早くもいい感じだね、ふたりとも」

上機嫌なアリアさんの飲み物はいつの間にかビールからハイボールに変わっていた。

氷の入れたグラスにウイスキー、そして冷えた炭酸水を注いで割っていく。そのピッチは速く、すぐにおかわりを作っていく。

「あんなハイペースで飲んで大丈夫なんですか？　かなり顔赤いですけど」

俺は心配になり、神崎先生にも確認する。

「アリアはお酒が強いですし、自分の上限も弁えてます。まぁ酔ってそのまま泊まっていくのがいつものパターンですが」

「先生は顔色変わらないですよね」

「私はたしなむ程度ですので」とカクテル系の甘いお酒をちびちびと飲む。

神崎先生は食事姿も上品で行儀がいい。お酒も飲んでいるが、顔色に変化はない。

「スミくん内緒話してないで。ほら、辛いだろうからコーラのおかわりもどうだい？」

アリアさんが気を利かせて、新しいコーラが注がれていた。

「……ん、なんかこのコーラ、味ちがくない？」

「気のせい気のせい！　辛いの食べてるから舌がバカになってるんだよぉ」

舌が痺れた感じで、コーラの甘さがいつもよりわからない。

「男の子って、こんなに食べるんですね。どうりでアリアが今日は、いつもより多めに作ってと言ったわけです」

神崎先生は、俺の食べっぷりに感心していた。

「もうちょい自重した方がいいですかね」

「いえ。食べ切ってくれた方が私も作った甲斐があります」

「ほら、スミくん。お皿貸して。おかわりもよそってあげるよ」

「じゃあ遠慮なく」

俺は鍋奉行のアリアさんに空になった皿を渡す。

そんな感じで夕食は和やかに進んだ。

冷房も切った暑い部屋で辛いものを食べていれば、自然と身体が熱くなっていく。

アリアさんはこれを見越したように最初から薄着。神崎先生もいつの間にかエプロンを外し上に着ていたものも脱いでいた。

こちらの存在など意に介していない様子で、俺は段々と目のやり場に困っていく。

「あれぇ？　スミくん、なんか顔赤くない？」

「カプサイシンで身体が熱いんですよ。そろそろ冷房入れません？」

「じゃあスミくんの負けってことで罰ゲームをしてもらおうか」

「いつから我慢大会がはじまってたんですか」

「お。口答えは許さないぞ」

陽気な人にアルコールが入ると三倍増しで絡んでくる。

いくらアリアさんが美女とはいえ、ふつうに面倒くさいぞ。

酔っ払い相手に慣れていない俺はどう扱っていいか困ってしまう。

「神崎先生はよくアリアさんの相手してられますね」

「もう慣れました」

なにかを諦めたような瞳は、そっと伏せられた。

「んふふふ。紫鶴ちゃんのそういうところ好きぃ〜」

そんなタイミングで電話が鳴る。

着信があったのは神崎先生のスマホだった。画面に表示される着信相手を見た途端、急に表情が険しくなる。

「誰？」と、アリアさんが問う。

「私の、母です」

「出なくていいの？　無視したら、後でうるさいでしょう？」

「お見合いの催促なのは目に見えてますから」

「紫鶴ちゃーん。そのために私達はここに集まったんだよ。敵が攻めてきたなら、迎え撃たなきゃ。なにかあれば横で私が指示するから、聞こえるようにスピーカーフォンで話して」

アリアさんはテレビを消音し、俺には黙っておくようにと唇に指を添える。

神崎先生はスマホをテーブルの上に置いて、画面に押した。

「もしもし、お母様」

神崎先生は緊張した声で、電話に応答する。

『紫鶴さん。やっと出ましたね』

第一声から厳しい。

「す、すみません。ちょうど今帰ってきたばかりでして」

あの神崎先生が死ぬほど緊張している。

『ずいぶんとお仕事が忙しいみたいですね。熱心なのは結構ですがお父さんも心配してます。早くお見合いの日取りを決めますよ』

無駄な前置きなどしない、とばかりにいきなりぶっこんできた。

「何度も言っていますが、今は仕事に集中したいのでお見合いの件はお断りすると」

『こんな不安定な時代だからこそしっかりしたお相手と家庭をもつのが大事なんですよ。あなたは昔から自己主張が苦手だから心配なんです』

「心配していただけるのは感謝しています。しかし」

『紫鶴さん、後悔しても時間は戻りません。たとえ今は気が進まなくても、後で安心する時がきます。親である責任として、きちんとした方をあなたには用意しますから』

神崎先生がまだ話している途中なのに、強引に話を進めていく。

え、俺はこんな押しの強い相手に代理彼氏を演じるの？　しんどすぎない？

アリアさんは俺と神崎先生の表情を見て、ひとり面白がっている。

追い詰められた神崎先生は、清水の舞台から飛び降りるような勢いで作戦を実行に移す。

「あ、あの、実は私にはお付き合いしてる男性がいるんです！　その人と将来のことも考えています！　だからお見合いは受けられません！」

神崎先生らしからぬ大声、似合わぬ早口で言った。

『――じゃあ、すぐに会わせなさい』

驚いたり、戸惑ったりする様子がない。まるで事前に知っていたかのようにノータイムで切り返した。どれだけ精神力のタフな母親なのか。ちょっとは動揺してくれよ。

「こ、困ります」

『なぜです？　親に会わせるのが恥ずかしい人と交際してるの？　そんな相手なら時間の無駄です。今すぐ別れなさい』

極端なことを言う人だなぁ。娘の人生をなんだと思っているんだ。

いくら親とはいえ、ちょっと過保護すぎないだろうか。

「これから期末テスト期間になるから時間的に無理です！」

『あなたはいつも忙しさを逃げる理由にするでしょう。今回は譲歩しません！』

聞く耳を持たないお母さんの言葉は冷たい巨石のごとき不動さを連想させる。

神崎先生の表情は曇り、その視線はアリアさんと俺に助けを求めた。

アリアさんの俺を見る目は、覚悟はいいよねと問いかける。

神崎先生とお母さんのやりとりを聞いて、ますます後には引けないと感じてしまう。

ここで日和ったら男が廃る。

俺は今回の代理彼氏を成功させて、神崎先生には引き続き担任でいてもらう。

そして晴れて安全安心な高校生活をヨルカと送って卒業するのだ。

俺とアリアさんは神崎先生を鼓舞するように同時に親指を立てて、大丈夫だと背中を押す。

「……わかりました。彼を連れて、会いに伺います」

神崎先生は硬い表情で、なんとかその言葉を絞り出した。


電話が終わった神崎先生は脱力してソファーに突っ伏した。

もはや俺がいることも忘れて、先生はぐったりして黙りこむ。

「──ね、強敵でしょ？」とアリアさんはしたり顔だ。

「この展開も読んでいたんですね」

「娘の意思を大人しく尊重してくれるならスミくんの出番なんかないよ」

「だいぶ手強そうですけど」

あの母親を説得するのは骨が折れそうだ。

「人を見る目はあるご両親だから、そこは信用してる。下手な付け焼き刃の相手より日頃からお互いの人となりを知ってて、紫鶴ちゃんと信頼関係を築けてるスミくんなら無理がないからね。それに土壇場を乗り切るのは上手いでしょ？」

「気楽に言ってくれますよね。プレッシャー半端ないんですけど」

「というわけでふたりの親密感を出すため、お互いを下の名前で呼ぶ練習をしてみようか！」

アリアさんは、恐怖の大魔王式・代理彼氏トレーニングをいきなりぶち上げる。

「そ、そんなものは必要ありません」

ソファーに伏していた先生ががばりと顔を起こす。

「付き合っているのに名字呼びとか固くない？　すぐに疑われて嘘だって見抜かれるよ。事前準備はできる限りしておかないと」

そもそも計画が無茶なのに、いかにも理路整然と成功率が上がるとばかりに説得してくる。

無論、失敗して一番困るのは他ならぬ神崎先生本人だから否定しづらい。

相変わらず口車に乗せるのが上手い。

「わかりました。やりましょう」

迷える神崎先生を横目に、俺は先に了承する。

こんなところで躊躇っては低い勝算がさらに下がるだけだ。

「瀬名さん!?」

「先生、ここは腹くくりましょう。茶室で決めたじゃないですか。中途半端が一番よくありませんから」

俺だって恥ずかしいし気後れするところはあるが背に腹は代えられない。

「さすがスミくん、潔い！」

「名字で呼び合っても、親密な恋人もいます」と神崎先生は否定する。

「いいかい。客観的に見て、ふたりはまだまだ教師と生徒なの。上下があって、一線が引かれて、恋人の空気感ゼロ。お固いの。ラブい感じが足りないんだよ」

「事実そうなのですから」

「あれぇーもしかして紫鶴ちゃん、異性を下の名前で呼ぶのに緊張してるのかなぁ？」

「男女七歳にして同衾せず。そんな気安い態度はとれません」

「わー箱入り娘。いつの時代の子なのよ」

「そういう古風な家の育ちだから、今こうして苦労してるんですッ！」

神崎先生は泣きそうな顔で訴える。自覚はあるようだ。

「先生、とりあえず練習してみましょう。ね」

「そうだよ。はい、全員スマホの電源を切ってカバンにしまうこと。お邪魔虫は入らないようにして、練習に集中しないとね」

アリアさんに促されるまま、俺も電源を落としたスマホをカバンに放りこんだ。

俺と神崎先生は対面するように座らされる。

「よ、呼び名で愛情が測れるとは」

まだごねる神崎先生。

俺は思い切って、先生を下の名前で呼んでみることにした。

「紫鶴さん」

「――――」

「ありゃ。紫鶴ちゃん、固まっちゃった。スミくんも意外とあっさりいくねぇ」

神崎先生――もとい紫鶴さんの頰を、アリアさんが指でつつく。

「せ、瀬名さんってほんと遠慮ないですよね」

「俺はあくまで代理彼氏を演じているだけですから」

「ほら、紫鶴ちゃんも瀬名さんじゃなくて下の名前で呼んで。ただのお芝居なんだから」

「恨みますからね、アリア」

教室での怜悧な威厳はどこにもなく、右往左往する女性がそこにいた。

紫鶴さんは意を決したように強張った唇を震わす。

「……き、希墨、さん」

絞り出すような声で、ぎこちなくも俺を下の名前で呼んだ。

照れる。これは照れるぞ。

お芝居だとしても、俺までつられて恥ずかしくなる。

普段近づきがたいクールな年上女性の初心な反応に、俺も平静を装うのが精いっぱい。

ギャップによる破壊力を俺はまざまざと味わわされている。

「いいよ、いいよ。初々しい感じがでてきた。年の差カップルの生っぽい距離感がある。さぁ今度は続けて言ってみよう」

興奮するアリアさんに対して、紫鶴さんはすでに憔悴気味だった。

「まだやるんですか？」

「紫鶴ちゃん。本番の成功は練習の反復あってこそ。本番で自然に言えるようになるまで慣れなきゃ！」

「ぐうぅ……」と喉を唸らす紫鶴さん。

教師の性なのか、正しいことを言われては無闇に反論できない。

ここは男がリードせねば、と俺も立て直す。

「紫鶴さん」

「……希墨、さん」

「紫鶴さん」

「希墨、さん」

「紫鶴さん」

「希墨さん」

「ちゃんと言えましたね」

「自分で頼んでおいて、こんなに余裕がなくなるなんて情けない」

俺の言葉を受けて、紫鶴さんは思わず顔を背けた。

見ていたアリアさんはご満悦。

「いいもの見せてもらった。これでご飯三杯いけるわぁ」

「アリアさんマジ鬼畜。元担任にも容赦なさすぎ」

「はて、なんのことやら〜〜」

あらめて恐怖の大魔王の教育方法に俺は震える。

こんなふざけたノリで無茶ばかりだが、続けているうちにいつの間にかできるようになっているのがアリアさんのスパルタ指導だった。

「しかし恋愛に免疫ないのに、どうして生徒の恋愛相談には的確なんですかね」

ふと素朴な疑問が浮かぶ。

「それは簡単よ。紫鶴ちゃん、こんな美人だから勝手に恋愛経験豊富だと思われちゃってるんだよね。生徒の恋愛相談をライトなものからヘビーなものまでたくさん聞きすぎて耳年増になっちゃったの」

「あー納得」

蓄積された豊富で赤裸々なモデルケースに、さらに神崎先生の思慮深さが合わさることでの説得力ある言葉が生まれるようだ。

「あと意外と恋愛ドラマ見るの好きだし」

「そういう余計なことはバラさないでください」

「スミくんは、紫鶴ちゃんの彼氏なんだよ。彼氏なら余計なこともたくさん知っててもおかしくないでしょう」

「あくまで代理彼氏です！」

「もう、気持ちとして一度受け入れた方が力まなくていいのに。今だけでも恋人気分を味わっておきなよ」

「そんなこと、有坂さんに申し訳ないですから」

有坂さんとは、もちろんヨルカのことだ。

神崎先生のこういう律儀なところが人望の厚い理由だろう。言葉に嘘や裏表がない。

そういう性格の人だからこそ今回の作戦の心苦しさも一層だろう。

「じゃあ引き続き、当日のふたりのカップルとしての設定を説明するよ。あ、呼び名はこのまま継続ね」

アリアさんはあえてヨルカの件には触れず、作戦の詳細を伝える。

「スミくんは紫鶴ちゃんと同じ大学の四年生で、ゼミの後輩ね。紫鶴ちゃんが異性と出会う機会としては無理ないでしょう。そこで一目惚れしたスミくんが猛アタックして告白、情熱的な年下男子にほだされて付き合うことになった。次に大学生スミくんのプロフィールは――」

以降、アリアさんが考えたカップルとして仔細な設定を俺と紫鶴さんは頭に叩きこむ。

まだ高校生の俺は大学のことなどよくわからない。紫鶴さんからディティールを教えてもらい、ふたりの会話に齟齬が出ないようにしていく。大学名から教授の名前、ゼミの研究内容に、大学近くの行きつけの居酒屋など覚える内容は多岐にわたる。

そんな感じで、神崎紫鶴という女性の経歴にはかなり詳しくなった。

話していて喉が渇くのか、心なしか紫鶴さんのお酒のペースがずいぶんと上がっているような気がする。

「なんか、ほんとうにこういうカップルが実在するみたいですね」

「神は細部に宿る。役者の役作りみたいなもんだよ」

一通りの情報共有を終えて、俺は感心してしまう。

「紫鶴ちゃんも覚えた？」

「大学生設定の瀬名さ――、希墨さんの人物像は把握しました。ただ、デートのリアリティについて不安が残ります」

「それは、本番でスミくんが着るスーツを買うついでにデートしちゃえばいいでしょう。ほんとうにあった出来事なら無理なく話せるし」

「「デート⁉」」

俺と紫鶴さんは声を合わせる。

「なに驚いているの。まさかスミくんを制服で来させるわけにはいかないでしょう。私服だと年下っぽさが出ちゃうから、かっちりスーツを着せた方が無難じゃない」

「生徒とデートなんて言語道断です！」

「紫鶴ちゃん。たとえ代理でもスミくんが彼氏なの。いちいち反応するのはいい加減抑えて。そんなんだと一発でご両親にバレるよ」

そう言われると、紫鶴さんも強くは出れない。

「大丈夫だって。今日のことだって紫鶴ちゃんの家でご飯食べてお泊まりデートしたみたいに話せばいいわけだし。なんなら、ふたりでもっと恋人っぽいことして慣れても構わないし」

アリアさんは楽しげにヤバイこと言う。

「ありえません！」

真に受けた紫鶴さんが勢いよく立ち上がった瞬間、そのままくらりと倒れる。

俺は咄嗟に受け止めた。

「スミくんナイスキャッチ。きみは女の子を受け止めるのは超一流だね」

「最近こんなのばっかりだな」と俺はぼやく。

紫鶴さんは身体にあまり力が入らず、俺が支えなければ立っていられない状態だった。

「あー紫鶴ちゃん、だいぶ酔ってるねぇ。後半飲みすぎてたもんな」

どうやら顔色変えずに飲んで、突然電源が落ちるタイプらしい。

「え、ちょっとどうするんですか⁉」

「じゃあ紫鶴ちゃんをベッドまで運んであげて」

「無理ですって。手伝ってくださいよ」

「私も酔ってるし、女の細腕じゃ役に立たないから」

「けど」

「紫鶴ちゃんを担げるなんて役得じゃない。存分にそのマシュマロバディを堪能しなって」

「ただの介抱です。それ以上でもそれ以下でもありませんから」

「私はまだ飲んでるから、こっちのことは気にしないで。テレビの音量上げておこうか。ナニがあっても黙っておくから！」

「元担任をなんだと思ってるんだよ」

「大丈夫だって。スミくん、気に入られてるから」

「諸々、大問題っすよ」

「固いなースミくんは。そういうのはベッドの上だけでいいんだぞ」

酔っぱらい、めんどくせ――!!

俺は紫鶴さんを抱きあげてとなりの寝室まで運んだ。

アリアさんはほんとうに手伝ってくれなかった。

女性の寝室に入るという緊張感やら、両腕にかかるやわらかい重さに心乱されないように必死だった。

リビング同様、寝室も綺麗に片づいているのでスムーズにベッドまで移動できた。

俺は慎重にベッドの上に横たえ、起こさないように腕を抜いていく。

枕元のサイドテーブルに置かれた間接照明の明かりをつける。俺は寝苦しくならないように室内の冷房を入れて、夏掛けを被せる。

「うぅん……瀬名、さん？」

「先生。気分は大丈夫ですか？　水でも持ってきます？」

「ご面倒をかけてすみません。ほんとう、いろいろと」

「ここまできたら運命共同体ですよ。ベストを尽くして、うまいこと乗り切りましょう」

「……なんで、こんなことになったんでしょうね」

天井を眺めながら神崎先生は他人事のように言った。

「先生の一言で、アリアさんが塾講師をはじめたからじゃないですかね」

俺と有坂アリアの縁を結んだのは紛れもなく神崎先生自身だろう。

「瀬名さん。今回のことで有坂さんに迷惑をかけているのは私も重々承知しています。私にできるお詫びがあれば必ずします。あなたにばかり負担を強いて、情けない限りです」

お酒の回った紫鶴さんはたどたどしく、申し訳なさそうに呟く。

「別にいいですよ」

俺はベッドの端に腰かける。

そりゃ俺だって楽して一番になれるものならなりたい。

トラブルは避けたいし、楽しいことだけして生きていければ文句もない。

でも平凡ゆえに地道な努力しかない器用貧乏な俺を、有坂ヨルカは愛してくれている。

もしも違う生き方をしてきた瀬名希墨ならきっと見向きもされないし、そんな俺もわざわざヨルカに好意を寄せることもないかもしれない。

恋愛なんて立場や環境に容易に左右されてしまう脆く儚いものだ。

ほんの少しの条件が変わるだけで、結ばれるはずの恋が結ばれずに終わる。

だから俺がヨルカと恋人になれたのも一種の奇跡だ。

そんな貴重でありがたいものをないがしろにするつもりはない。

「ですが」

「これは俺の直感ですけど、ヨルカも口振りの割には先生を嫌ってるわけじゃないと思うんですよね」

「お気遣いは大丈夫ですよ。生徒に嫌われるのも教師の役割ですから」

「まぁ俺も嫌いな人の代理彼氏は引き受けないので、そこは安心してください」

「あなたはやさしいですね」

「おかげで恋人の姉にまでいいように振り回されてます」

「瀬名さん。あれで、アリアもかわいいらしいところもあるんですよ」

「……やっぱり先生も大物ですよ」

しみじみとそう思う。

どれだけ親しみを抱いたところで俺にとって有坂アリアは恐怖の大魔王な恩人であり、恋人の姉で、別世界の人だ。

「？」

「あの有坂アリアを、かわいいって言えるのは先生くらいですよ」

「瀬名さん、勘違いをしないでください。あの子は、ほんとうに妹さんを大切にしたいと思っています。同じ高校に入学が決まった時、『わたしの妹が入学する。先生が力になってあげて』と真っ先に私に相談してきました。まぁ、いざ顔を合わせた瞬間から、私は目の敵でしたけど」

「そりゃ神崎先生という存在は、未成年の姉に手を出した憎き男性教師ですから」

それも知っているんですか、と先生は苦笑する。

「はじめて会った時『なんで女なのよ』っていきなり怒鳴られましたよ。それもあって入学式での新入生代表の言葉を断られたのかもしれません」

「一年の時のヨルカなら、それがなくても断ってますよ」

「だと、いいのですが……」

そう呟(つぶや)いて、そのまま紫鶴(しづる)さんは静かに寝息(ねいき)をたてはじめた。

第九話　朝の光は夢を洗い流す

「もう帰ってきたの？　ずいぶん早かったね」

「先生は寝ました」

「そう。じゃあ、私にも付き合ってよ」

あれだけ酔っていたはずなのに、アリアさんはまた新しいお酒を飲んでいた。

今度はワインのボトルを開けており、グラスに赤ワインが満たされる。

そんなに色んな種類のお酒をちゃんぽんして大丈夫なのだろうか。

「飲みすぎはよくないんじゃないですか？」

「楽しい日はお酒が進んじゃうんだよ」

「こっちは、いきなり担任の家で緊張しっぱなしなのに」

「どうせならタクシーで私とふたりきりの時から緊張しておけよ」

「今さら恐怖の大魔王に気を遣うとか」

俺は鼻で笑いながら、とりあえずクッションの上に座る。

「私相手にそういう態度でいられるのはスミくんの強みだよねぇ。大抵は浮き足だったり恐縮したりで、素のまま話せる人は珍しいんだよ」

「お好みならそうしますけど？」

「やめて。楽な相手が減るのはさびしいからね」

「俺ってそういう位置づけなんですか？」

「そーだよ。きみにならなんでも話せちゃう」

陽気にしゃべるアリアさんは無防備にも程がある。

超絶美人は、お酒で頬を赤くしたノーガードのゆるゆる状態。

ほんと、普段近寄りがたい美人が驚くほど隙だらけ。

「そんな迂闊な姿、外で晒していたら絶対駄目ですからね。鼻息荒い野獣が近寄ってくるから気をつけてくださいよ。またヨルカがショックを受けて泣きますから」

「こんな時に、他の女の名前を出すなんて野暮な人」

「自分の妹でしょう。しかも俺の恋人」

「スミくんはぁ、そういうの気にするタイプ？」

ダメだ、この人。完全に面白がっている。

「妹の彼氏にけしかけるとかどういう神経なんですか」

いくら冗談とわかっていても、俺は身構えてしまう。

「男と女、魔が差したらそういうこともあるさ」

「そういう大学生の赤裸々(せきらら)な性事情はノーセンキューです。自分、まだ高校生なので」

「男子高校生の七割は性欲で構成されているのに、嘘(うそ)をつくなって」

「七割なのは水分です。どんな性欲過多なんすか！」

「興味あるくせに」

「こっちはソフトドリンクオンリーの素面(しらふ)なんですよ！」

「あーそれねぇ……」

意味深な沈黙(ちんもく)が訪(おとず)れる。

「ちょっと待て、まさか」

「コーラにちょこっとだけ大人の液体を入れて、スミくんをハイにしておいた。料理辛(から)かったし気づかなかったでしょ？　だから、いつも以上に大胆(だいたん)に振(ふ)る舞(ま)えてたじゃん！」

え、俺があっさり先生の名前を呼べたのも、大人の液体パワーのおかげなのか⁉

「帰る！」と俺は思わず立ち上がる。

「残念。もう終電はとっくに終わってるよ」

「ここからなら歩いて帰れますから」

「やめておいた方がいいと思うよ。夜中に制服で出歩くだけでも目立つのにその上アルコール臭(くさ)いとか、警察のご厄介(やっかい)になったら面倒(めんどう)なことになっちゃうよ。そしたらご家族やヨルちゃんが悲しい思いをするかも。だから大人しく泊(と)まっていきなって」

にへらと笑って、俺を引き止めようとするアリアさん。もうアルコールって言ってるし。

「あんた、最初からこうなることを企んでたなッ！」

肝が冷えるほどの誘導力。ただの会話をしていたはずがいつの間にかアリアさんの意図する状況へと導かれてしまう。

「さーて、どうだろうねー。まぁ観念して、私の話し相手になれよー」

そう言いながら、アリアさんは新しいお酒を注ぐ。

俺は諦めて、腰を下ろす。

「いつだってアリアさんの手のひらの上ですか」

「なにかご不満でも？」

「美人相手だと緊張するので」

「私のかわいい妹をかどわかした悪い男がよく言うよ」

「そんな悪い男に頼るなんて、よっぽど追い詰められているんですね」

俺はただの軽口のつもりだった。

だが、アリアさんは思ってもみない反応を返してくる。

「そうでなければ巻きこんだりしないよ」

いつも自信と明るさに満ちたアリアさんらしからぬ、静かな声だった。

「……アリアさん？」

戸惑う俺をよそに、アリアさんは身を預けるように頭を肩に乗せてくる。

俺はすぐに離れようとするが、アリアさんがそれを押しとどめた。思いの外、力は強くどうしてか抵抗するのも躊躇われてしまい、俺はそのままでいるしかなかった。

「言ったでしょ。スミくんが思うほど私は大人じゃないんだよ」

「俺に甘えられても困りますから」

「いいじゃん。愚痴くらい、ちょっとは聞いてよ」

「聞くしかできないですよ」

「素直だね」

「誰かさんが混ぜた魔法の液体のせいです」

「あれは嘘だよ。スミくん、ただのコーラしか飲んでないから」

「またかよ！」

ケラケラと笑った拍子に、アリアさんは床に寝転がる。

「寝るならベッドかソファーにしてください。床だと風邪ひきますよ」

「じゃあスミくん、看病して」

酔ったアリアさんはごねて甘えるようなことを言う。

「遠慮しておきます」

「きみ、さては私のこと嫌いだなぁ」

「どうでしょうね。ほら、移動しますよ」と俺がアリアさんに立たせようとしたら、逆に手を引かれた。咄嗟のことで俺は体勢を崩して、覆いかぶさってしまう。

「ちょっと。ふざけるのもいい加減に――」

「ねぇ。ヨルちゃんともうキスした？」


アリアさんの顔が、間近にあった。

「……、まだですよ」

「ふーん」

「いけませんか？」

「とっくに済ませてるのかと思った」

「もしかしたら、この前済ませていたかもしれませんね」

「あはは。邪魔したのは悪かったよ」

そして吐息で撫でるみたいに恋人の姉は甘い言葉を告げる。

「じゃあ、おわびに私とキスしようか？」

「え？」

「本番の予行練習だと思ってさ」

「は？」

「――いいよ、きみなら」

恋人によく似た、別の女の人の唇に思わず目がいってしまう。

目と目が合う。

潤んだ瞳が俺を映していた。

沈黙が気まずい場合もあれば、時に沈黙が雄弁に語ることもある。

目の前には恋人そっくりな姉が、緩い雰囲気で無防備な姿を晒していた。

口に出さずとも彼女の目はすべてを了承する。

俺に伝わったのを十二分にわかった上で、彼女はそっとまぶたを閉じた。

あとは好きにしなよと、まるで挑発するみたいに長いまつ毛は微動だにしない。

静かなリビングにはエアコンのかすかな音と、自分の鼓動がやけにうるさかった。

俺が腕の力を抜くだけで、そのやわらかそうな唇を奪うことができる。

この状況には既視感があった。

はじめて美術準備室に入った日、こうしてヨルカを押し倒した。あの時の俺は痛みと女の子に覆い被さってしまったことに慌ててしまい相手を見る余裕もなかった。

あぁ、こういうのが夢にまで見たキスのタイミングというものなのだろう。

流れに身を任せてしまうだけで行為へと至れる。

なるほど、あまりにもごく自然な展開だ。

こんな近い距離を埋めるのに、自分はあれだけ苦労していたのか。

女性の上気した肌、近くで感じる熱、鼻先をくすぐる匂い、吐息の音。

頭がどれがけ屁理屈をこねても、すべてが唇へと引き寄せられるお膳立てとなる。

踏み越えるのに勇気なんていらない。

ただ、考えなければいい。

魅力的な年上女性の言葉に甘えてしまえばいいじゃないか。

男という生き物であるからこそドキドキしてしまうのは仕方がない。

だけど——相手が違う。

たとえ誰であって流されるわけにはいかない。

一時の満足に惑わされて、大きな嘘を抱えこめば絶対に後悔する。

俺はそっと身体を起こして、アリアさんから背中を向ける。

「……意気地なし」

「ガキをからかって楽しいですか？」

「楽しいよ。スミくんといるのは面白いから」

「ほんと、勘弁してくださいよ」

「内緒にしてあげたのに」

耳元で妖しく囁く。

アリアさんは音もなく背後から腕を回して、身体を密着させてくる。

「すでに相当アウトです」

「最初のひとりしか知らないなら、他の女を知らないのと変わらないと思うけど。もっと広い視野でいろんな相手を見るのも大切じゃない？」

「じゃあ、運命の相手にいきなり巡り合った人間はどうなるんですか。経験不足で、上手くいかず見過ごすとか？」

「それは、きっと赤い糸的な強い結びつきが働くんじゃない？」

「なら経験なんて運命の前には無意味じゃないですか」

「……おや、一本取られたね。私もけっこうお酒が回ってるなぁ」

背中に感じていた熱が離れる。

私は紫鶴ちゃんのベッドで寝るからスミくんはソファーをどうぞ、とアリアさんは寝室に消えていった。

俺はテーブルに置かれたままの食器類をキッチンまで運び、皿洗いまで済ませてしまう。

そうして後片づけを終えてから、俺は一旦ソファーで横になる。

わずかに開いたカーテンの隙間。そこに見える夜空に月の姿を探そうとした。

だが精神的疲労のピークにあった俺はすぐに眠りに落ちてしまった。

ベッドで目覚めた紫鶴は、いつもの低血圧ゆえに頭が上手く働かない。

おまけに二日酔いで頭痛がひどい。ぼんやりとした意識でベッドを出ると、となりでアリアがぐっすり寝ていた。

キッチンで最初に冷たい水を飲んだ。さらに寝汗とこの不快な気分を晴らそうとバスルームへ向かう。熱いシャワーを浴びて、ようやく覚醒する。

さっぱりした紫鶴は、そのままバスタオル一枚でリビングに出る。火照った身体にエアコンの冷気が心地いい。昨夜切り忘れてしまったのだろう。

そこで、ソファーで寝ていた希墨と目が合う。

紫鶴の立てる物音でちょうど目を覚ましていた。

「――――」

「…………」

瀬名希墨の顔は硬直したまま脂汗を浮かべる。

そうだった。昨夜はアリアと一緒に彼が来ていた。

先ほどキッチンに行った時、珍しく後片づけがすべて終わっていたことで思い出す。その時に気づくべきだった。アリアはいつもやりっぱなしで、わざわざ食器を洗うことはしない。

合点がいったものの、動揺した拍子に紫鶴の巻いていたバスタオルが緩んでしまう。

まぶしい朝日が射しこむリビングに、紫鶴の声にならない悲鳴が響き渡った。

「もぉーうるさいよぉ、紫鶴ちゃーん。ぅう、気持ち悪ぃ……」

紫鶴の声に、アリアも寝室から這い出てくる。

「もうお嫁にいけませんッ！」

「いや、お嫁にいかせないために私達は集まってるんだってば」

パニくってる紫鶴に、アリアは眠そうな声で呆れていた。

「俺はなにも見てませんッ！」とソファーに埋もれんばかりに俯せになって主張する希墨。

その姿を見たアリアは「なんだか芋虫みたいで面白いね」と大きな欠伸をした。


結局、寝ぼけたアリアさんが紫鶴さんをなだめすかすも、叩き出されるようにマンションを出ていった。

着替えたアリアさんはまだ寝ぼけており、目も半分閉じたような有り様だ。

ひとりで真っ直ぐ歩くこともままならず、手を貸しながらエレベーターまで連れていく。

一階に着いても自力で歩くのが面倒くさいらしい。

「歩けなーい。スミくん、私を負ぶってぇ」と担(かつ)ぐことをアリアさんは要求してくる。

「自分で歩いてくださいよ」

「無理。お腹(なか)も空いたから歩く元気なーい」

「コンビニで朝飯買ってくるんで、自力でエネルギー回復してください」

「こんな美女が困ってるのに冷たいな。私が変態に襲(おそ)われたら、どう責任とるの」

「じゃあ美女は美女らしい節度と防犯意識をきちんともってください」

「ひどー。恩人を見捨てるの」

「見捨てられないから困ってるんでしょう」

　俺はため息をつく。

「んふーそういうところは、いいよね。よし、じゃあ朝ごはんを食べよ！　私を運ぶのだ」

　エレベーターを降りる。このままマンションのロビーに放り投げたいのも山々だが、すでに住人から変な目で見られてしまっている。

「私、お姫様抱(ひめさまだ)っこがいいなぁ」

「嫌(いや)ですよ」

「えー紫鶴(しづる)ちゃんにはしてたじゃん」

「あれは先生が歩けなかったから」

「私も無理ぃ。そのうち絶対こける」

「そんなヒールの高いやつを履いてるからでしょ」

「負ぶってよー」

「肩を貸すんで、それで我慢してください。これ以上は譲歩しません」

「スミくんのケチ」

高いヒールでよたよた歩くアリアさんは平然と俺に体重を預けてくる。

昨日はなにもなかったといった態度は、正直ありがたい。

「不満ならタクシー拾って、さっさと帰ればいいでしょ」

「嫌だ。一緒に朝ごはんが食べたい。カフェでも行こう」

「え、まだ付き合わされるの」

「おごってやるから好きなもの食べれや。男子高校生なんて人生で一番な時期の空腹な生き物じゃん」

「そりゃ腹は減ってますけど」

「私の飯が食えないのか？」

「朝飯程度で脅さないでくださいよ」

そのまま酔い醒ましも兼ねて、だらだらと話しながら一駅分を歩いた。

見慣れた地元の駅に着いて、俺達はカフェに入る。

アリアさんは目についたサンドウィッチやスコーンを片っ端から注文。

財布ごと渡して会計を俺に任せると先に席を行ってしまう。

山盛りのトレイを持ってアリアさんを探すと、彼女は出入り口近くの窓際の席にいた。

アリアさんはアンニュイな表情でぼんやりと外を見るともなしに見ていた。

「スミくん、遅い」

こちらに気づくと手を上げて、俺の名前を呼んだ。

店内の冷房に感謝しながら、夏の白い光を感じつつ朝食をとる。

結局アリアさんは食事にはほとんど手をつけず、ほぼ俺に食わせた。

日周塾での思い出、ヨルカのこと、代理彼氏の作戦の詰め、あるいはとりとめのない話に興じながら時間はすぐにすぎていく。

それは俺が高校受験を終え、アリアさんが塾講師のアルバイトを辞めてから会わなかった二年の空白を埋めるには十分すぎた。

「──結局、私達にはこれくらいがちょうどいいんだろうな」

コーヒーの最後の一口を飲み終え、アリアさんはそう呟いた。

「なんのことです？」

「どんなに仲良くても、スミくんはもうヨルちゃんの恋人なんだなって」

なにを真顔でしんみりしたことを言ってるのだ。

「アリアさんは今、恋人いないんですか？」

「いないねぇ」

「すぐにいい人が見つかりますよ」

「これがさ、不思議とピンとくる相手には縁がなくてね」

「妹に恋人ができて焦ってるんですか？」

「そりゃ毎日幸せそうだもの。だから、どんなものなのかちょっとだけ知りたくなった」

「昨夜のことですけど」

「うん」

「お酒のせいにするなら――」

「あれは私自身が望んでいたことだよ」

俺の言葉を待たずに、アリアさんははっきり告げる。

はっとなって顔を上げると、窓から差し込む朝日に照らされる美女は慈愛に満ちた眼差しで少しだけさびしそうに笑っていた。

その姿はあまりにも絵になりすぎて思わず見惚れてしまう。

これが現実でなければ、俺はこのままずっと眺めていただろう。

「よりにもよって一番ダメな相手である俺で試さないでください。ほんとうになにかあったら、どうするつもりだったんですか」

好奇心や気まぐれにしても、火遊びにしては質が悪すぎる。

「その時はともに十字架を背負おって私と付き合おうじゃないか」

アリアさんはどこまでも気負いなく、さらりと言ってのける。

アンニュイな微笑みには冗談とも本気とも見えた。

わからん。小芝居が下手なアリアさんなのに、なにを考えているのかまるで摑めない。

「幸せになるイメージがまったく浮かばないんですけど」

どうせからかわれるのがオチだと、俺は適当に話を合わせる。

「別に他人の祝福なんていらないさ。私がきみを幸せにしてあげるよ」

「こういう時だけ力強いんだから」

しかも異常に説得力がある。

サクサクのクロワッサンをかじりながら、俺は少しだけ妄想してみる。

ドラマや映画みたいに、こんな美女と休日の朝を迎えるのは確かに幸福のひとつの形だろう。

たとえ禁じられた恋の果てに他のすべてを投げ出すことになっても、美しいパートナーとのんびりとカフェで朝食をとる贅沢な時間を送れるのなら結末としては悪くない。

アリアさんは受験という人生の一時期を濃密にすごした相手、二人三脚でがんばった女性。

そういう意味では間違いなく特別な人だ。

出会った時の俺達は対等ではなく、恋愛対象としてお互い意識することもなかった。

中学生の俺は今以上にガキで目の前しか見えてなかった。

アリアさんも仕事の上で接しているだけで、あくまでも塾生の中のひとりにすぎない。

二年の空白を経て、お互い少しだけ大人になって再会したところから物語がはじまる。

なるほど、ラブストーリーの冒頭ならありきたりだが妥当だろう。

だが致命的な欠陥がある。

「恋に落ちるには遅すぎましたね」

現実では、今の俺の心の真ん中にはヨルカがいる。

「……そっか」

アリアさんは細い足を組み替え、長い髪をかき上げた。

「ていうか神崎先生との件も済む前に、昨夜みたいなことして万が一俺が逃げたらどうする気だったんですか」

俺はちょっとした説教モードに入ってしまう。

「だってこれが終わっちゃったらスミくんに会う口実もなくなるでしょう」

「まぁ、アリアさんがわざわざ俺に会う理由はないですよね」

接点の少ない相手と気分次第で会うのは余程親しくないと難しい。

「そういうことじゃなくて」

「え？　だって、アリアさんなら……」

いつもの調子で勝手にやってきて振り回すんでしょう――そう言いかけて止まる。

テーブルに頬杖をついたアリアさんは目を合わせず、しかし耳を真っ赤にしていた。

その恥ずかしがる姿は妹のヨルカそっくりだ。

「あの頃、きみを教えていた時間はヨルちゃんに負い目を感じていた私にとって救いだったんだよ。私の指導で、きみの成績がめきめきと上がった。そうやって妹にしてあげられなかったことを、やり直せているみたいですごく楽しかったんだ。気が楽になれた」

「ヨルカのこと、ずっと気に病んでたんですね」

超人めいたアリアさんが吐く弱音。

「ただ、そんなのアリアさんにとっては当たり前のことじゃないんですか」

俺はいまいちピンとこなかった。

実際、俺以外にも何人もの塾生はアリアさんの講義を受けて第一志望に合格している。

大して優秀でもない俺の成績を上げることに特別な意味を見出す理由がわからなかった。

「私にとって大概の人は予想の範囲で退屈なの。だから予想を裏切ってくれる人をすごく気に入っちゃうところがあるんだよね。紫鶴ちゃんだってそうだった。私を特別扱いしないでいてくれたから私も懐いたわけだし」

「俺の場合は？」

瀬名希墨というふつうの少年にどんな見所があったのか。

「最初、私の出す課題をスミくんは絶対やりきれないと思ったの。元々高すぎる目標だから、ふつうに諦めるんだろうなって。なのに、きみはやり続けた。どれだけ文句や愚痴をこぼしても必ず提出日に上げてきた。だから、きみの合格に私は本気で感動してたんだ。それにきみが永聖を目指す動機にも、お姉ちゃん的には共感してたところもあるし」

まさか恐怖の大魔王にそんな会心の一撃をあたえていたとは。

当時のあの冴えない眼鏡とマスクの下で、アリアさんがそんな風に感じていたとは露ほども思わなかった。

「瀬名希墨って男の子は私の予想を超えて、大金星を自力で摑んだんだ。そういうのって、なんかカッコよく見えるじゃん。だから私の記憶にしっかり刻まれていたんだよ」

ちょっと照れ気味に言わないでよ。こっちもリアクションに困るから。

「中学の時、その台詞を素顔で言われなくてよかったですよ。当時なら変に勘違いして期待しちゃってました」

俺は心の底から安堵する。

もしも今のアリアさんに褒められたら、無条件に心を奪われていただろう。

綺麗なお姉さんの些細な一言に、危うく一生を歪められていたかもしれない。

思春期男子には有坂アリアの存在はあまりにまぶしすぎるのだ。

「ふふ、惜しいことをしたかな」

「人の人生をなんだと思ってるんですか」

「むしろ二年ぶりにきみと再会して変わったのは私の方だよ」

「そりゃ外見の印象はかなり違いますけど」

「見た目の話じゃないってば」

「大げさだな、年齢差が急に縮まったわけでもあるまいし。俺はまだ高校生だし、アリアさんは大学生。アリアさんの方がなにもかもずっと大人です」

「そうなんだけどさ、あと何年かすれば、その年齢差なんて大した問題じゃなくなるんだろうなーってちょっと思うんだよね」

「誰だって時間には敵いません」

時間を超えるのはアリアさんにも無理な話だ。

「ヨルちゃん見てるとさ、私はまだ本気で誰かを好きになったことがないってわかっちゃったんだよね。だから元々知ってるスミくんは恋愛相手としてイメージしやすくて。やっぱり姉妹だから、似たような相手が気になったりするのかな」

勝手に自分の恋愛のシミュレーション相手に選ばないでほしい。

そういうのは脳内で勝手にすることであって、本人にわざわざ報告するな。

「禁断の恋なんてフィクションで十分でしょう」

俺は軽く笑い飛ばす。

「もっと、許されないから余計に魅かれちゃうんだろうね」

「どうしようもないじゃないですか。ただ、それだけですよ」

もしもの話に逃げるなんて有坂アリアらしくもない。

脚色された綺麗事や理想、幸福が魅力的なのは現実と折り合う過程が必要ないからだ。

ハッピーエンドのまま終われるのは素敵なことだろう。

だから野暮な後日談や続編は不要だ。

幸福の余韻をわざわざ壊すことなんてない。

「きっと私は片想いですらない、恋愛未遂の感情くらいしかわかってないんだろうね」

夏の白い光が満ちる窓の外を眩しそうに見つめながら、アリアさんは独り言のように呟く。

「アリアさんは、子ども扱いしてた妹に急に先を越されて焦っただけですよ」

この人はきっと人生で負けたことがないタイプの人だ。

挫折知らずの人が唯一追い抜かれたのが恋愛経験だったのだろう。

「あぁ、なるほど。ヨルちゃんに負けたのははじめてかも」

負けたことを嬉しそうに話すあたり、アリアさんがどれだけヨルカを大事にしているかがよくわかった。

「やっぱりスミくんはいい男だね」

「まぁ、ヨルカに好かれたことだけは俺の自慢ですから」

「なにそれ、惚気？　ウザ！」

笑いながら俺の肩を軽く叩く。

アリアさんの楽しそうな笑顔はやっぱりヨルカとそっくりだった。

「じゃあ私は帰るね」

カフェを出て、アリアさんを駅のタクシー乗り場まで見送ることにした。

気温はぐんぐんと上がり、涼しい店内から外に出ると暑さが余計に厳しく感じる。

まだ朝も早いのに肌を焼くような強い日射しに、うっすらと汗ばんできた。

「これからまだまだ暑くなりそう」

「夏を満喫する前に、俺は期末テストを乗り越えないと」

「凡人は苦労するね。お姉さんが特別にタダで勉強教えてあげようか？」

「本気でいろいろダメそうな時はお願いします」

「あら、素直だね」

「実績だけはありますから。アリアさんは」

「都合のいい時だけ呼び出すなんて、悪い男」

「言い方ッ！　誤解を招くから！」

「冗談だってば。スミくん面白い～」

「ほんと、心臓に悪いな」

「おや、日射病になったら大変だ。サングラスでも貸そうか？」

アリアさんは自分のハンドバッグをゴソゴソと漁る。

「別にいらないですか――」

「うわっ⁉」

手元に意識をとられていたアリアさんは足元が疎かになり、わずかな段差に躓いた。

倒れそうになるのに気づいた時には、俺は手を出していた。

バランスを崩したアリアさんの細い腕を掴み、引き寄せた勢いのままに俺の方によろけてしまう。受け止めた一瞬、俺の耳になにかやわらかいものが触れた。

途端、電流が走るみたいな未知の感覚に襲われる。

「～～～」

「フフ。やっぱり、きみは受け止め上手だね」

俺はそのまま身動きがとれなくなってしまい、顔を伏せたアリアさんの息が鎖骨に当たる。

密着したやわらかい感触にドギマギしてしまう。

「先に会ったのは私なのに、選ばれたのはヨルちゃんなんて変なの」

「ア、リアさん？」

アリアさんの呟きに戸惑いながら、俺はようやく声を絞り出す。

「タクシーちょうど来たね」

アリアさんはぱっと離れて、足早に後部座席に滑りこんでいく。

「スミくん、顔赤いよ？　気をつけて帰ってね」

「もうからかうのは勘弁してくださいよ」

ただでさえ朝の駅前は鬼門なのだ。四月にヨルカとふたりの時を見られて大問題に発展しかけて、あわや別れの危機に陥った。

あの時に助けてくれた神崎先生も目の前のアリアさんも今回は頼れない。

「またね」

車内に入ったのにアリアさんはサングラスをかける。

扉が閉まり、あっという間に彼女を乗せたタクシーは遠ざかっていった。

俺は耳を手で押さえながら、タクシーが見えなくなるまで立ち尽くしてしまう。


「――希墨」


声の方を振り返ると、そこにはヨルカとスマホを構えていた紗夕がいた。

「ゴシップです！　スキャンダルです！」

センテンススプリング！　と紗夕がとんでもないものを見たような顔で震えていた。

「ちょっと待て、なんでヨルカがここに？　それに、紗夕も」

「わ、私だって、こんなパパラッチみたいなことしたくないです！　だけど見ちゃったんですから！」

紗夕がスマホの画面を見せる。

そこには俺とアリアさんが抱き合っている姿が撮影されていた。

「ただの事故だ。倒れたのを支えただけ。ヨルカこそ、どうしてここに？」

今日は土曜日で学校も休みだ。

私服姿のヨルカが学校近くのこの駅前に朝早くからいる理由がない。

「昨夜、お姉ちゃんが家に帰ってこなかった。希墨も朝まで連絡がなかった。何度もラインしたのに返事がないから。心配になったから、紗夕ちゃんに頼んで一緒に希墨の家に来てもらおうと思って、駅で待ち合わせしてたら……」

ヨルカの言葉は静かだ。

俺は慌ててスマホを取り出す。電源を切ったままだからメッセージにはまったく気づいていなかった。

畜生、また連絡を怠った。どうしてこう肝心な時に間が悪いのだ。

「待って。ヨルカ、違うんだ！」

「じゃあ、なんで制服のままなの？　昨夜から帰ってないってことだよね。一晩中お姉ちゃんと一緒だったんでしょう」

俯いたままのヨルカ、にわかに語気だけが強まっていく。

「それは、そうなんだけど」

「――信じてたのに」

「ヨルカ」

俺の呼びかけを無視して、ヨルカは行ってしまう。

「ぶぅ！　きー先輩幻滅しました。最低です！」

紗夕も軽蔑したような顔で一瞥して、すぐにヨルカを追いかける。

恋人の背中を、俺はすぐにでも追いかけたかった。

だけど、耳に残ったヨルカの傷ついた声に俺はわからなくなってしまう。

追いついて、どう釈明すればいいのか。

偶然を偶然と証明する上手い言葉が浮かばず、その場で動けなくなってしまった。

第十話　凡人の戦い方

「希墨に裏切られた」

集められた瀬名会の面々を前に、ヨルカは深刻な表情で漏らした。

駅前での姉との一部始終を目撃したヨルカと紗夕は、ファミレスに移動しながら幹事を除く瀬名会メンバーを緊急招集した。まさかのヨルカからの呼び出し、かつ希墨不在にただならぬ気配を感じた朝姫、ひなか、七村の三人はすぐに駆けつけた。

そして発せられたヨルカの重たげな一言に、どう反応したものかと困っていた。

「『希墨になら裏切られてもいいかな』と言ってたら、ほんとうに裏切られちゃいましたもんね」

「紗夕ちゃん。そんな一言一句覚えてないでよ」

「私は感動したんですけどね。あ、これが証拠です」と、紗夕は先ほど激写した写真を三人に見せる。

後ろ姿の希墨、そして密着するアリア。ふたりの表情は見えないが、お互いの顔の位置で重なり合っているためキスをしているように見えた。

「きー先輩、あれだけヨル先輩一筋だって言っておいて、朝帰りな上にお別れのキスなんてッ。今度ばかりはフォローできません！　完全にギルティーです！」

怒っている紗夕は最初から浮気と断定して語る。

「幸波ちゃんは、よくマズイものを見かけるねぇ」

ゴシップ好きな七村だがいつものように大笑いで喜ぶことはなく、やけに冷静だった。

「これって、ほんとにキスしてるのかな？　そういう風にも見えるけど、たまたまくっついてるだけじゃないの？」

ひなかも懐疑的な態度だった。唇が重なり合うような決定的なキスの場面を写しているわけではない以上、浮気と断定するのは早計だ。

「おふたりがきー先輩の肩を持つのは結構ですけど、こうしてヨル先輩は傷ついているじゃないですか！　ね、アサ先輩もこれは完全にアウトですよね⁉」

紗夕はこの場で一番腹を立てていた。

長年の片想いから告白して、一区切りをつけることができた。希墨とヨルカの絆は強く他人の入りこむ余地がない。だからこそ紗夕は納得して身を引くことができた。それなのに裏切るような場面に目の前で遭遇してしまい、必要以上に感情的になっていた。

「あなたのお姉さん、ようやく本性を見せたわね」

朝姫は表情こそ静かなものだが、声の苛立ちは隠し切れていない。

「お姉ちゃんの、本性？」

なんのこと、とピンときていないヨルカは首を傾げる。

「たんま！　支倉ちゃんも幸波ちゃんも根本的なところを勘違いしてるぞ」

七村がすぐに口をはさむ。

「早とちりしすぎだ！　そもそも、いつ有坂ちゃんが瀬名の浮気を疑ったよ？」

「「え？」」

朝姫と紗夕の驚く声が重なる。

「だって『裏切られた』って有坂さん自身が怒ってるじゃない」

「そーですよ！　きー先輩の狼狽を見たら明らかにクロです」

「経緯はどうあれ、瀬名でなくても誰かを抱きとめてたところを恋人や知り合いに見られたら慌てるに決まってるだろ。そこで平然としてる方がむしろ怪しいわ。ま、俺はできるけど」

七村本人のことはさておき、言うことには一理あった。

「有坂ちゃんが怒ってるのは別の理由だ。瀬名が浮気するなんて一ミリも疑ってないいん。そうだろ、有坂ちゃん？」

瀬名希墨の有坂ヨルカへの一途っぷりを知っていれば浮気はありえない。

「うん」

ヨルカもあっさり肯定する。

あくまでも恋人が自分の姉と一緒にいた。

それ以上の可能性をヨルカは一切想像もしてなかった。

「あの場面を見たら希墨くんとお姉さんとの浮気を疑うのがふつうでしょ？」

朝姫はなおも信じられず、再確認してしまう。

「わたしが気に入らないのは希墨が連絡を怠ったこと、それに、お姉ちゃんには近づかないって約束したのを破ったこと」

ヨルカはもちろん怒っている。

ただ、それは激怒というより、ぷんすかというかわいらしい部類に含まれた。

「じゃあ『希墨に裏切られた』なんて紛らわしい言い方をしないでほしいんだけど……」

かつてヨルカの本気の感情をぶつけられた朝姫は、それが嘘ではないとわかる。

そうでなくても紗夕の写真に、他ならぬ朝姫自身が腹を立てているというのに。

「じゃあヨル先輩はどうして駅前から逃げ出したんですか？」

現場に居合わせた紗夕は、ヨルカの行動を急に理解できなくなる。

「だって心配してわざわざ来たのに、希墨は一晩中お姉ちゃんと一緒で。わたしだけ仲間外れみたいなのが悔しくて」

「どれだけお姉さんもきー先輩も好きなんですかッ！」

朝姫は理解できないという様子で、表情を引きつらせていた。

「もちろん他の女の人なら少しは疑うよ。でも、わたしのお姉ちゃんだから」

有坂ヨルカは疑わない。

その突き抜けた善良ぶりに、他の面々は閉口するしかなかった。

大概の相手を遠ざける一方、認めた相手にとことん信頼を寄せられるのはすごい。

すなわち、ヨルカが揺るぎないほど希墨を好きだという証明だった。

「実の姉だろうと男と女、なにがあってもおかしくないから。それこそキスくらいしてても」

朝姫は意地悪とばかりに、あえてありふれた考えを投げかけてみた。

「――――えっ？」

ヨルカは今度こそ本気で驚いた。

「有坂さんがお姉さんを尊敬して大好きなのは結構だけど、現実のお姉さんは違うんじゃないかな。どれだけ優秀で凄くても大学生なわけだし、気になる相手がいれば好意が向くようにアプローチするし、口実をつくって会おうとする。関係性を進めるチャンスがあれば、あえて隙をあたえる。そういう当たり前の恋愛の駆け引きをしてるんじゃない」

「恋愛の、駆け引き」

「あなたも心当たりがあるんじゃない？」

朝姫の指摘にヨルカは考えこんでしまう。

「まさか、そんなことは……」

否定する語気は弱々しい。

ヨルカの頭の中では、これまでの姉の希墨に対する過剰なスキンシップの場面がいくつも思い浮かぶ。冷静な目で見れば、元教え子への接し方としては親しみがこめられすぎている。

「有坂さんのお姉さんにどこまで自覚があるかまではわからないけど、好意って案外他人にはバレバレだったりするから。それはあなた自身が一番身に覚えがあるんじゃない？」

「――――ぅ」

我が身を振り返り、ヨルカは姉への疑念を抱いてしまう。

瀬名希墨がクラスメイトの前で恋人宣言をした瞬間、ヨルカは終わったと思った。

見世物のような好奇の視線に晒される不快な日々がはじまる、と。

そんな絶望に慌てたものだが、クラスメイトにヨルカの恋心はとっくにバレていた。

不安は杞憂に終わり、瀬名希墨の恋人であることが当たり前に受け入れられたまま今日まで平穏に来てしまった。

「悪いけど、身内相手に夢見すぎ。どう捉えようとあなたの自由だけど、あのお姉さんを見誤ると危ないわよ」

朝姫の脅しと呼ぶにはあまりにもやさしい助言。

ヨルカはぐわんぐわんと目が回りそうになる。

自分の姉が恋敵になる？　そんな現実が起こりえるのか？

「希墨は、キスなんか絶対してない！　だって私とだってまだなのに！」

ヨルカは反射的に、言う必要もないことまでつい口走る。

「……あなたが好きな相手をとことん疑わない大甘なのはよくわかった」

「ヨル先輩、さすがに恐いです。ちょっと正妻感ヤバいです」

紗夕も希墨への怒りより、むしろヨルカの方に畏怖を覚えていた。

「まぁ有坂ちゃんのお姉さんの大人の色気で誘惑でもされたら、さすがの瀬名も──」

ヨルカは刺すような視線で、七村の言葉を遮る。

「うぉ、有坂ちゃんに睨まれるの超恐っ」と七村は幅のある肩を大きく竦めた。

「心配ないよ。きっとスミスミのことだから、倒れかけたお姉さんに手を貸したとかじゃないかな？　だって誰が見てるかもわからない駅前で、あのスミスミがそんな大胆なことするはずないだろうし」

ひなかは、ちらりと紗夕の方を見た。

「け、けど、この写真はどう説明するんですか？　代理彼氏の件でも大問題なのに、ヨル先輩のお姉さんときー先輩が親しくなっちゃったら修羅場じゃやすまないと思うんですけど……」

段々落ち着いてきた紗夕は、こじれにこじれた現状を正しく捉えようとする。

「放っておけば？　私は希墨くんへの気持ちがまだある。有坂さんのお姉さんが言う通り、今回の件が失敗してくれた方が私にはメリットがあるかも」

朝姫は付き合いきれないとばかりに投げやりだった。

「うお、ここに来ての宣戦布告ッ！　瀬名へのフラグはやっぱり折れていなかった」

「朝姫ちゃんってどうしてこう容赦ないのかなぁ」

「アサ先輩、大胆ッ⁉」

三人は、ヨルカの反応を待つ。

視線が自分に集まるのを無視して、ヨルカはひたすら思考に没頭する。

皮肉にも身近な一番の要注意人物である支倉朝姫の言葉がむしろヨルカを冷静にさせた。

追い詰められて持ち前の優れた頭脳が本領を発揮していく。

弱気に雑念、爆発しかけた感情もすべて置き去りにして、冷徹な思考があらゆる可能性を高速で検討し、今後起こりうる展開に対してとるべき最善の行動を導き出す。

「ヨル、ヨル……？」

黙りこんだままのヨルカに、ひなかが声をかける。

今や美しき理性の怪物と化したヨルカは、自分と血を分けた姉の本心を解析していた。

幼い頃から憧れた理想の姉ではなく、等身大の女性として有坂アリアを再構築していく。

そして、ヨルカなりの答えが出た。

「別に支倉さんが静観するのは構わないよ。だけどお姉ちゃんが支倉さんの疑うような人なら、最後にはわたしでもあなたでもなく——勝つのは絶対お姉ちゃんだから」

ヨルカは脅すように告げる。

その顔を見た瀬名会の面々は、あの姉をダブらせた。

「失敗したらあの担任まで辞めるんでしょう。文倉さんが黙っていたところで、一体どこにメリットがあるの？」

文倉朝姫では有坂アリアを出し抜けない──ヨルカは言外でそう断言する。

「……じゃあ有坂さんならどうするの？」

朝姫は、わずかに聞く姿勢をとる。

「担任の件はわたしにはどうでもいい。代理彼氏だってお姉ちゃんが強引に頼んだことだし、希墨の性格なら断れないのもわかってる」

「もしもお姉さんがあなたを裏切ってたら？」

「わたしはお姉ちゃんが大好きでずっと目標だった。だから、もしお姉ちゃんと比べられたら勝てる自信がない」

ヨルカは正直な気持ちを吐露する。

自分の姉は見上げる存在であり、これまで勝ちたいなんて一度も思ったことがなかった。

「──それでも、希墨のことだけは別」

ヨルカは自分でも驚くほどハッキリした声が出た。

「お姉ちゃんだけじゃない。誰にも、渡すつもりはない」

そう断言しながら朝姫を見つめる。

「支倉さん、提案があるの。わたしだけではお姉ちゃんを正しく見ることができない。あなたもお姉ちゃんに歯が立たない。だけど力を貸してくれるなら現状維持はできる。少なくとも、わたしはこの瀬名会の集まりを悪くないと思ってる。むしろ楽しいとさえ感じる。だから、どんな女の子が集まっても文句を言うつもりもない」

それは恋人であるヨルカの譲歩であり、確約だ。

たとえ自分の恋人に横恋慕している相手が近くにいても拒絶しない。その存在をヨルカ自身が受け入れる。

「もしも希墨を自分の恋人にしたいなら、お姉ちゃんよりわたし相手の方がよっぽど勝ち目があるんじゃない？」

「あの、有坂ちゃんが」「駆け引きしているッ!?」

ヨルカの提案に、七村とひなかは同時に驚く。

希墨とヨルカの恋愛をサポートしてきた友人ふたりは、その目を見張る成長ぶりに感動さえ覚えていた。

「有坂さんは、それでいいんだ？」

朝姫は不敵な笑みをつくる。

「わたしは、ちゃんとお姉ちゃんと向き合わないといけないから」

もしもアリアが希墨を気に入っていた理由に〝恋愛感情〟があるとすれば――。

ヨルカはすべてを後悔する前に、見上げていた理想と対峙しなければならない。

「そういえばヨル先輩、去り際に『信じてたのに』ってめちゃくちゃ誤解しそうな言葉を言ってましたよ」

「言っちゃった……」

ヨルカは、しまったという顔になっていた。

「とりあえず、希墨くんに事実確認じゃない？」

「けど、具体的にこれからどうするよ？」

「あーあー瀬名のやつ、たぶん家のベッドでひっくり返ってるぞ」

七村は忍び笑いを浮かべる。

「ど、どうしよう」

「仕方ないなぁーヨルヨルは。ここはあたしが一肌脱いであげよう」

「どうするんだ、宮内」

「超強力な助っ人の力を借りる！」

ひなかはスマホを取り出し、瀬名希墨にもっとも近い相手にメッセージを送った。

しばらくして返事はすぐに折り返される。

「じゃあ、折角だしみんなで行こうか」

「俺の夏が終わった」

期末テストが終わる前に、すべてが終わった。

炎天下、ほとんど歩く死体同然でなんとか帰宅する。

冷たいシャワーで雑念を洗い流そうとしたが、無駄だった。

パンツだけ穿いてベッドの上に転がる。服を着るのもめんどくさい。頭の中はぐしゃぐしゃになって、寝不足のはずなのに眠気がいつまでもやってこない。

冷房の効いた部屋で横たわる自分はまるで生きた死体だ。

息をしているだけの虚無である。

なにもする気が起きない。ヤバイのに、どうしていいのかわからない。

焦っているのにギアが噛み合わないみたいに心だけが空回りしている。

それでも諦めの悪い俺は頭の片隅で考えてしまう。

「ヨルカ、どうしたら許してくれるんだろう……」

昨夜はいろいろ起こりすぎて、スマホの電源を入れるのを忘れていた。

夜中に寝落ちして、バタバタと起きてからもずっとアリアさんと話していた。トドメに最悪のタイミングを見られていた。

「心配してわざわざ来てくれたのに、なにやってんだよ」

自分をどれだけ罵倒しても足りない。

ただでさえ代理彼氏の件もあるのにこれ以上状況を悪化させてどうする。

ヨルカのために引き受けたのに、そもそもヨルカと別れたら元も子もないじゃないか。

「最初から断ってればよかったのか……」

つい弱気が口をついてしまう。

どんな理由があれ、ヨルカを傷つけてしまうなら意味がない。

たとえ代理彼氏が成功したところで、俺のせいで余計にヨルカは神崎先生を嫌いになる。

「──って、俺はなんで別れてる前提で考えてるんだッ！」

放っておくとすぐマイナス思考になりそうな自分に活を入れる。

必要以上に起こってもいないことに想像力を尽くしても、自分が凹むだけだ。

大事なのは現状を整理して、やるべきことをハッキリさせる。

「アリアさんを受け止めたのはただの偶然。ヨルカは俺を心配して見に来ただけ。神崎先生の件はあくまで演技。そして俺はヨルカが大好き。不幸な偶然が重なっただけ！」

別に誰かが悪いわけではない。

ただ間が悪いだけだ。

考えろ。考えろ。考えろ。

これ以上の後悔する前に行動あるのみ。

誰もが傷ついて終わる最悪の結末を迎えないために、できる最善を思いつけ。

たとえ完璧ではなくても、最高の最良を導き出せ。


『瀬名。誰かを選ぶってことは、別の誰かを選ばないってことだ』


ラーメン屋で七村から言われた言葉が、今は違った響きをもつようになる。

単純に恋愛だけの話ではない。処理できる物事には限りがある。

選択とは、明確な優先順位をつけること。

俺が目指すのはヨルカと恋人のまま、神崎先生に最後まで担任でいてもらうことだ。

恋人や友達、先生の誰が欠けることもなく、永聖高等学校を卒業まで楽しくすごすことだ。

「って、あれ。俺はなんで瀬名会のみんな抜きで考えてたんだ？」

俺は今さら気づく。

アリアさんから先生のプライベートの問題だからと、俺だけが協力を求められた。

よくよく思い返せば紗夕がグループラインでお見合いの件を広め、瀬名会全員が知っている。

そんな彼らを蚊帳の外に置きっぱなしにする意味があるのか？

「……アリアさんは、俺ひとりで十分だと本気で思ってるのか？」

出題者の意図を読み解くように、俺は現状をお膳立てた人物の考えをもう一度考えてみた。

信頼してくれるのはありがたいが、残念ながら俺にそこまでの自信はなかった。

むしろ、心強い友人達のサポートがいくらでも欲しい。

「――そうだよ。それでいいじゃん」

俺はいつだって誰かの力を借りて、乗り越えてきた。

そうして自分なりの対策と覚悟を固めた時、ふいに騒がしい声が入ってきた。

「きすみくーん！　お客さんだよー！」

妹の映は俺の都合などお構いなくノックもなしに部屋に入ってきた。

しかも、いつも以上にテンションが高い。

「お客？　誰？」

俺が部屋の入口を見ると、ヨルカ、朝姫さん、みやちー、紗夕、七村と勢ぞろいしていた。

「みんな……」

「希墨、とりあえず服を着て！」とヨルカが叫ぶ。

「⁉」

俺はパンツ一枚であることに気づいて、慌てて服を着た。

「瀬名よ、ずいぶん将来性のありそうな妹だな」

「話しかけたら殺す」

「条件きつくね？　さすがに小学生は対象外だぞ」

七村が呑気に部屋に入ってくると、それに続いて女性陣もおずおずと足を踏み入れる。

あんまり片づけていないからジロジロ見ないでほしい。

「えーっと一体全体どういうこと？　全員揃って、我が家に……」

俺は困惑しながら、みんなを見渡す。

「さっき、ひなかちゃんからラインが来たの。これからみんなできすみくんに会いに行っていいって言われたから、いいよって」

答えたのは、なぜか妹の映だった。

「映、そういうのは先に俺に確認しろよ。あとお兄ちゃんと呼びなさい」

「だって、ヨルカちゃんやひなかちゃんに会いたかったんだもん」

映はあくまで純粋に遊びたいという気持ちで、喜んでOKしたのだろう。まぁ家のチャイムが鳴ったのにも気づかないくらい腑抜けてた俺がまっとうな反応をできたかも怪しいところだ。

「みやちーも、いつの間に映と連絡先交換してたの？」

「ごめんね。実は去年お邪魔した時にこっそり」

　みやちーは八重歯を見せて、かわいらしく黙っていたことを告げる。

「初耳なんだけど……」

「ちょくちょくメッセージのやりとりはしてたんだよ。映ちゃん、打つの速いよねぇ」

「あ。もしかしてアリアさんが学校来た日に映とやりとりしてたのってみやちー？」

「正解。許してスミスミ」

「なんか映が余計なこと言ってないよね？」

　俺は無邪気ゆえになんでも答えてしまいそうな映とのやりとりが気にかかった。

「安心して。映ちゃんがスミスミ大好きなのがよくわかったくらいだから」

「不安だ」

　俺は、映が呼びこんだ瀬名会を前に気合いを入れた。

「映。みんなで大事な話があるから部屋を出ていてくれ」

「えー嫌だ。映も一緒に遊ぶ。仲間外れは嫌い！」

　駄々をこねる妹に、ヨルカは膝をかがめて語りかける。

「ごめんね、映ちゃん。わたし、希墨とちょっとだけ喧嘩したの。だから仲直りできるようにお話をさせてもらえないかな？」

「ヨルカちゃんと？」

「うん」

「悪いのは、きすみくん？　ヨルカちゃん？」

「たぶん両方かな」

「……またきすみくんが春休みの時みたいになったら嫌だよ」

「春休み？」

「うん。今年の春休みはきすみくん、ずっと変だった。いつも落ち着かなくて、急にいろんなことをやったりやめたりして、なんか恐かった」

　ヨルカの告白の返事を待っていた間の俺は、そんなに妹を心配させてたのか。

「だから、ちゃんと仲直りして！」

映ははっきりとヨルカに言い放つ。

「すげえ。瀬名の妹、あの有坂ちゃん相手に説教してる」

七村が呟くと、みやちーが脇腹を殴っていた。不意打ちに高身長の七村がくの字に曲がる。

「うん、ちゃんとするよ」

「映はヨルカちゃんのことも好きだからね。こうやって、また遊びに来てね。約束だよ」

感極まったヨルカは映をぎゅっと抱きしめた。

映が部屋を出ていき、俺はあらためて数時間ぶりにヨルカと向き合う。

「ヨルカ。話を聞いてほしい。その上で、判断してくれ」

「質問するから迷わず答えて」とヨルカも最初からそのつもりだった。

「わかった」

「お姉ちゃんと浮気した？」

「してない」

「昨夜はなにをしてたの？」

「代理彼氏の件で神崎先生の家で打ち合わせ。だから昨夜は三人だ」

「ふーん。連絡をくれなかったのは？」

「いろいろ準備してて電源を切ってた」

「……朝まで？」

「長引いた。さすがに夜中に制服で出歩いて補導されるのは面倒だったからさ」

「もっと早く帰れたよね？　なんで朝までお姉ちゃんとふたり？」

「朝ごはん食べてた。カフェのレシートあるけど確認する？」

ここまでテンポよく質問を重ねていたヨルカが、わずかに鈍る。

「駅で、お姉ちゃんとくっついてたのは？」

「躓いたのを咄嗟に抱きとめただけ」

「キスしてるように見え――」

「してないッ！」

俺は大声で答える。

全員が安堵のため息をこぼす。

「きー先輩すみません。私の早とちりでした。ごめんなさい」

紗夕は誰よりも先に謝ってきた。

「ヨルカと朝からずっと一緒に付き添ってくれてありがとうな、紗夕」

「そういう誤解させるようなやさしさで女の子を惑わさないでくださいね。アサ先輩も、納得しましたよね？」

バツの悪そうな紗夕は、朝姫さんの反応を待つ。

学食での一件以来、朝姫さんとは気まずくて上辺だけのやりとりしかできなかった。

だからこうして面と向かって話すのは久しぶりな気がする。

「私の状況は別に変わってない。むしろこれからだから」

朝姫さんはいつものように俺を真っ直ぐ見た。

もう包み隠さない。そう吹っ切れたように、余裕のある笑顔でそう答えた。

「じゃあ疑問は解消されたってことで、次の話に移ろうか」

みやちーが部屋の中心に立つ。

「ここに来る前に相談したんだけど、あたし達も神崎先生にはこれからも担任でいてほしい。だから瀬名会でスミスミ個人をバックアップしようと思って」

「要するにだ、瀬名が他の女とふたりになるのにヤキモキする連中が大勢いるんだよ。だから手伝う代わりに、もっと情報共有させろって話だ」

七村のストレートな言葉に、俺は苦笑いしてしまう。

「ありがとう、俺も同じことを考えていた」

最悪のタイミングもあれば、こうして最高のタイミングが重なる瞬間もある。

俺は率直な気持ちを打ち明ける。

「代理彼氏でお見合いが避けられるならそれに越したことはないんだ。ただ実際大がかりな嘘をついての出たところ勝負だ。いくらアリアさんが勝算のある計画だと言っても、絶対に成功する保証はないと思う。だから不測の事態に備えて、みんなには保険になってもらいたい」

俺は、俺なりのお見合い阻止作戦を打つためにみんなの力を求める。

「ヨルカ。神崎先生のためで気乗りしないのは百も承知だ。だけど、ヨルカがいなくちゃダメなんだ」

――特に作戦の要となるヨルカの協力が不可欠だった。

俺は自分なりの仮説をみんなに伝える。

「わたしも希墨に相談がある」

話し合い、最終的にヨルカを含めた全員が了承してくれた。

「希墨くん。神崎先生のためにも、あなたの案にはクラス委員としては賛成する。だけど最後にひとつだけ疑問があるんだけど？」

「なに？　朝姫さん」

「希墨くんがあくまで有坂さんのお姉さんを信じるのは、自分を合格させてくれた恩人っていうのはわかるよ。だけど、そもそも永聖の合格をこだわっていた理由は？」

「家から近いし、大学受験を考えるなら偏差値高いところがいいかなって」

俺はさらっと答える。

「ほんとうに、それだけ？　死に物狂いで勉強する理由としては弱い気がするんだけどな」

朝姫さんが探るように目を細める。

「……言わないとダメ？」

「希墨くん、聞きたいな」

瀬名会の面々も俺の答えを待つ。

ここまで巻きこんだ以上、正直になるしかあるまい。

「映がさ、泣くんだよ。二年前だとまだ小学二年生で今以上にガキなわけで。俺が遠くの高校になったら一緒に家を出れなくなるのを嫌がってすげえ駄々をこねてさ。で、一番近所の高校といえば永聖。仕方ないから永聖に合格してやるって宣言しちゃったんだよ。映も喜ぶから、こりゃ本気でやるしかないって。……それを叶えてくれたのがアリアさん」

俺は恥ずかしさを堪えて打ち明けた。

「希墨のシスコン」「希墨くんってすごいシスコンなんだ」「スミスミ、シスコンだねぇ」「きー先輩、シスコンすぎ」「瀬名よ、妹なんていつか必ず巣立っていくぞ」

五人から予想通りの反応が返ってくる。

「だから言いたくなかったんだよ！　合格決まった頃には泣き喚いていた本人もすっかり忘れてるしさ！」

室内の大笑いを聞きつけて、「仲直りできた？」と映が恐る恐る様子をうかがいに来た。

第十一話　愛しているから難しい

ついに本番の日が来た。

会場となるのは庭園で有名な都内のホテル。

「うん、ふたりともバッチリ決まってるね」

紫鶴さんは艶やかな着物に身を包んでいた。長い黒髪は結い上げられ、とても綺麗だった。

俺は事前にアリアさんと紫鶴さんと一緒に百貨店で買ったスーツを着ていた。着慣れない上に髪型もしっかりセットしており、まるで別人みたいだ。

実際、今日の俺は大学生のセナキスミ、神崎紫鶴の代理彼氏で将来のことを見据えてお付き合いしているという設定だ。

先ほどから何度もトイレに行っているが落ち着かない。

「ほら、ふたりとも表情が硬いから。せっかく夜の特訓をしたのに本番で発揮できなきゃ意味ないってば。リラックスして」

「アリアさん、表現」「卑猥です。不謹慎です」

その気楽な言葉で、俺達は少しだけ緊張をほぐす。

「大丈夫だって。泣いても笑っても、ここで嫌でも一区切りはつくから。ビビらず、がっつりカップルを演じてきなよ」

「アリアさん。いろいろありがとうございました」

俺は先に礼を述べておく。そんな気分だった。

「巻きこんだのは私だからね。スミくんこそ、付き合ってくれてありがとう」

「ついでだから本番も同席しません？」

「遠慮するよ」

「今日はやけに控えめですね」

「私は私ですることがあるからさ」

アリアさんは曖昧に答える。

「これが無事に済んだら、私からもお礼をさせてください」

紫鶴さんも申し出る。

「お。じゃあ夏休みだし旅行に行こうよ！　紫鶴ちゃんの家の別荘とかいいじゃない」

「アリア。まだ彼を付き合わせるんですか？」

紫鶴さんはアリアさんのマイペースさに呆れていた。

「……別にスミくんを連れてくとは言ってないけど。なに、紫鶴ちゃん、やらし～」

「こ、言葉の綾です！」

まんまと揚げ足を取られて、紫鶴さんは慌てる。

ふいに俺のポケットでスマホから通知音が鳴った。

「スミくん。ちゃんとマナーモード。話してる最中に音が鳴ったら、心象悪いよ」

「すみません。すぐに」

俺は手早く返事をして、懐に仕舞う。

「少し早いですけど、そろそろ行きましょうか、紫鶴さん」

俺は父親から借りた腕時計をあらためて見た。約束の時間が近づいていた。

「はい。よろしくお願いします、希墨さん」

紫鶴さんは俺の横に並ぶ。

「ふたりとも、健闘を祈ってるよ」

アリアさんにロビーから送り出されて、俺達は指定されたレストランへと赴いた。


ホテル内の和食レストラン。

俺達が通されたのは、日本庭園に面した落ち着いた個室である。

席に着いて程なく現れたのは、和装がバッチリ決まったご夫婦だった。

俺は一目見た瞬間、紫鶴さんのご両親の迫力に逃げ出したくなる。

まず、父親の見た目がとにかく恐い。

短く刈り込んだ硬そうな髪に四角い顔つき、眉間には深い皺が刻まれ、ギロリとした目つき、への字に曲げられた口元。見るからに機嫌が悪そうだ。大柄で厚みのあるがっしりとした体形なのは紋付き袴の上からでもわかる。太い手首には金色に輝く高級時計。

はっきり言おう、極道の方ですか？

トイレに行ったはずなのにちびりそうなんですけど。

となりに並ぶ母親もまた着物の似合う和風美人だ。紫鶴さんそっくりな顔立ちに年齢を重ねた厳粛な美貌は思わず「姐御」と平伏しそうになる。意志の強そうな鋭い目元、口答えを一切許さない迫力は娘の紫鶴さんの比じゃない。俺達生徒は教室でいかに先生からやさしくされていたのかを痛感する。こんな厳しそうな母親の下で育った紫鶴さんが生真面目で几帳面なのも納得だ。逆らえば、どうなるかわかったものじゃない。

こっちも完全に極道の妻。

扉の奥に舎弟の方々とか控えてないよね。

ただでさえ代理彼氏という危うい立場で、想像以上に厳しそうなご両親との対面。

嘘がバレた時には果たしてどうなるのか？

俺、生きて帰れるのかな。

「お父様お母様。ご無沙汰しております」

立ち上がった紫鶴さんは恭しく頭を下げる。

俺もそれに倣う。

「紫鶴さん、お元気そうね。仕事にかまけてないで、家に顔を出しなさい。ねえ、あなた」

「うむ」

腕を組んだまま渋い声でわずかに頷くだけのお父さんは、ほとんど俺を見ようとはしない。

会話の主導権は母親にあるみたいだ。

こんな強面の旦那と結婚して、紫鶴さんを育てた女傑。さぞや肝が据わっているのだろう。

久しぶりに会った親子の和やかな空気感は欠片もなく、圧迫面接に近い。

「で。そちらが紫鶴さんとお付き合いしている方かしら？」

この場に同席している以上最初からわかりきっているのに、わざわざ訊ねてくるあたり歓迎されていないのは明白。

「は、はい！　彼はせ——き、希墨くんは。あ」

紫鶴さんガチガチじゃん！

上手くいったのは挨拶まで。教壇の凛々しい姿は見る影もない。紫鶴さんは俺の予想の十倍は緊張していた。声は上ずり、息継ぎもままならない。

え、実の親相手にここまでギクシャクするの？

ちょっとアリアさん、最初からえらく旗色が悪いんですけどッ！

心の中で俺を巻きこんだ張本人にクレームを叫ぶが、当然聞こえるはずもない。

「紫鶴さん、いきなりなんです。そんなたどたどしい様で教師が務まっているのですか」

まるで蛇に睨まれた蛙だ。紫鶴さんは完全に縮こまっている。

見かねた俺は自分で自己紹介をすることにした。

「ご挨拶させていただきます。紫鶴さんとお付き合いしています、瀬名希墨と申します。はじめまして。本日はお時間いただきありがとうございます。ご両親にお会いできるのを楽しみにしていました」

俺はできる限り好青年を演じることに努めた。

「——あなた、ずいぶんとお若いですね。高校生くらいに見えますけど」

いきなり指摘されたッ。

「ど、童顔なんです！　だから紫鶴さんにも最初はまったく相手にされなくて苦労しました」

「紫鶴さんとはどこで知り合ったんです？」

「大学のゼミの飲み会です。卒業生の皆さんも来られて、その中にいた紫鶴さんに一目惚れしました。そこから猛アタックして、お付き合いすることができました」

アリアさんに仕込まれた設定通りに、俺は話していく。

期末テストの勉強時間まで犠牲にして、代理彼氏の大学生セナキスミの架空経歴ばかり頭に叩きこんだのだ。どんとこい。ぜんぶ切り抜けてやる。

母親は俺を値踏みするようにじっと見てから、紫鶴さんに質問をする。

「あなたは彼のどこに惹かれたの？」

「その、彼は……」

「紫鶴さん。好きの理由もすぐに答えられないのですか」

まだ一呼吸しか置いてないだろう。どれだけ速いテンポ感を求めるんだよ。

喋ろうとする前に制せられては自分の言いたいことも言えない。

うん、まともなコミュニケーションをとるのはかなり難しい。

これは負け確定イベントではなかろうか。

「失礼いたします。お食事のご用意をさせていただきます」とナイスタイミングでホテルのスタッフが声をかけてくる。

よし、一旦この流れを絶ち切れるぞ。

紫鶴さんはこの間にメンタルを立て直してくれ。

ランチ会食ということで、あらかじめ決められた豪勢なお弁当が運ばれていくる。

高級感のある箱に収められた数々の美味しそうな料理。

「とりあえずいただきましょうか」

母親の一声を合図にしばし食事に興じる。

滅多に食べられないホテルの食事にテンションも上がるところだが、緊張のしすぎで空腹も感じない。

箸を伸ばしてみるものの、いまいち味を楽しめない。

もったいない。実に残念だ。

「お母様」

紫鶴さんは大きく深呼吸した。

「希墨さんは、他人が困っているのを放っておけないやさしい人です。自分の損得を顧みず、他人のために労を惜しみません。私はそんな真面目な彼を信頼し、尊敬しています。お父様とお母様に自信をもって会わせられる素敵な男性です」

たとえ代理彼氏だとしても、紫鶴さんに褒めてもらえるのは嬉しかった。

「確かに、あなたが恋人を連れてきたのははじめてですね」

「はい。私は本気です」

紫鶴さんは怯まず答えた。

母親はとなりで黙ったままの父親とちらりと顔を見合わせ、俺に顔を向ける。

「親として知りたいのは、あなたが紫鶴さんの伴侶として相応しいか。それだけです」

「私は未熟ですが、好きな相手を想う気持ちは誰にも負けません」

「そんなものは当たり前でしょう」

「では、なにをお伝えすれば交際を認めてもらえますか。経歴や今後の就職先ですか」

「そんな履歴書に書けることは興信所で調べさせればいいだけのことです。嘘を見分ける必要もありませんから」

仮にも娘の交際相手を前にして、好意的な反応は一切見せない。

いや、こっちも代理彼氏なんだけどさ。

「この子の具体的にどこに惹かれたんです？」

「紫鶴さんはすごく気遣いのできるこまやかな人です。周りをよく見ていて、こちらの悩みに先に気づいてくれます。親身になって相談に乗ってくれて、注意されることも多いですが、迷っている時は背中をそっと押してくれます。私自身、そうやって何度も助けてもらいました」

俺も教え子として、神崎紫鶴の下でいろいろなことがあった。

入学早々、いきなりクラス委員に指名されて、イベントの多さに苦労させられる。俺は積極的にリーダーをするタイプじゃないから、周りを引っ張り、指示するのが得意なわけじゃない。だけど継続は力なり。大変だけど少しは自信になった。

夏前にはバスケ部の件でずいぶん迷惑をかけた。俺にとって後悔はないが、先生がずっと気にしていたのは申し訳なく思う。

そして、ヨルカの件だ。

俺は神崎紫鶴に助けてもらった恩は忘れない。

だから、代理彼氏なんて無茶な計画にも乗っかっているのだ。

「あなたが紫鶴さんに好意を抱いてくれているのは親として嬉しく思います。では逆に紫鶴に直してほしいところは？」

「直してほしい、ところですか？」

「好きだからといって相手のすべてを許せるとは限りません。もちろん許すことは必要ですが、許せないことがあった時にきちんと話し合えるかが一番大事です」

この母親の話し方が教室での神崎先生そっくりだと気づいた。となりに本物の紫鶴さんがいるのに妙な気分だ。

なんだか教室で先生と話していると思えば、緊張も落ち着いてきた。

「なにもありません――と言いたいところですが一点だけ。お酒を飲む時、顔色が変わらないんですよね。で、突然限界が来ちゃうのでほどほどに」

先日の紫鶴さんの家で発覚したことを、俺は率直に伝えた。

「ちょ、ちょっと希墨さんッ⁉」

まさかの暴露に紫鶴さんも緊張が吹っ飛んだ様子だ。

「ハハハ、お母さんにそっくりじゃないか」

父親からまさかの好感触。

「私の話は今関係ないでしょう」

静かなる一喝で、強面の父親がすぐに黙りこむ。しっかり尻に敷かれているようだ。

「紫鶴さん。ほんとうに、外では気をつけなさい」

「はい」と素直に反省をする紫鶴さん。

「この前は家だからすぐに横になれましたものね」

俺は恋人っぽい部分を強調するために、あえて言ってみた。

ところが、それを聞いた途端にご両親がぎょっとされる。

「紫鶴さん。彼を、家に上がらせたのですか？」

母親の声はかつてないほど張り詰めていた。これまでの威圧感をあたえるものではなく、本気で心配しているのが伝わってくる。

横で父親も腕を組み、目がぐっと細まる。

紫鶴さんも母親の変化を察知して、どう答えたものかと迷う。

「答えなさい。彼は、あなたの自宅に上がったのですか？」

同じ質問を繰り返す。

紫鶴さんは俺の方を見た。どうしましょう。そう目が訴えている。

俺達が返事をするより先に、堪え切れなくなった母親の言葉に俺達は固まってしまう。

「紫鶴さん、彼が仮にほんとうの恋人だったとしても、高校生の男の子を教師の家に入れるのはいくらなんでもふしだらです」

神崎紫鶴の両親は、瀬名希墨の正体を知っていた。

「なんのことですか。私は――」と俺はすぐに否定しにかかる。

「茶番は終わりです。瀬名希墨くん、あなた、紫鶴さんのクラスの教え子だそうですね。担任想いなのは結構ですが、どんなにがんばってもあなたが二十歳を超えているようには見えません。その話し方もずいぶん無理があります」

「――教えたのは、有坂アリアですか？」

俺はすぐに情報を流した犯人に思い至る。

「ええ。先日うちに来て、わざわざ教えてくれましたよ」

あっさり認める母親。

紫鶴さんは激しくショックを受けていた。

協力していたアリアさん本人が、裏で両親に計画を伝えていたというサプライズ。

だが、今は紫鶴さんへのフォローもアリアさんの真意について考える暇もない。

目の前の相手に伝えるべきことを伝えなければ。

「……嘘をついていたことについては謝ります。すみませんでした。だから今度はあらためて神崎先生の生徒として言わせてください。俺は、これからも先生から教わりたいです」

ここで嘘をつき続けるのは得策ではない。

俺は思い切って、素の瀬名希墨として説得を試みる。

「瀬名くん。あなたには高校三年間のことかもしれませんが、娘にとって一生の問題です」

「だけど今時、子どもの結婚を親が決めるなんて干渉しすぎではないんですか」

生意気とわかっていても遠慮したら、やりこまれる。

俺は間髪入れず思ったことをそのまま口に出すようにした。

「わかっていますよ。紫鶴さんが自分で結婚相手を見つけられるなら、とやかく言うつもりはありません。ですが、この子はせっかく器量よしに育ったのに学生時代から浮いた話を一度も聞いたこともなく、社会人になってからは仕事ばかりで」

「天職を見つけて打ちこんでいるんです。充実した人生で、俺は素晴らしいと思います！」

「そうやって紫鶴さんは二十代も後半、結婚を十分に意識していい年齢です」

「タイミングは自由なはずです。第一、結婚したから幸せになるとは限らないのに」

「だからこそ、しっかりした相手を選ぶ必要があるんです」

これは平行線の議論だ。

幸せの定義をひとつに決めようとする、答えのない問答。

俺が高校生でまともに相手にされていないのもわかっている。

それでも神崎先生がまだ結婚を望んでいないなら、俺はこちら側に立って、全力で代わりに主張する。

「親と子どもは別の存在なんですよ」

「結婚相手は、すぐに見つかるものでもありません。動き出すのに遅すぎるくらいです」

「けど、それは親の価値観の押しつけです」

「では、あなたが責任をもって娘を幸せにできますか？」

「それは……」

「できないでしょう。それはあなたがまだ子どもだからです。お付き合いしている恋人もいるのでしょう。もし本気の覚悟があるなら当然その子と別れてもらいますが」

現実を突きつけられて、俺はなにも言い返せなかった。

「――責任をとれないから、あなたはどこまでも部外者なんです」

母親は一蹴する。

「どれだけ気持ちを寄せて、娘を応援してくれても、いざという時に今のあなたにできることはありません。そして私達は紫鶴さんの親として、大人になった娘に対して責任があります。これからも心から幸せに生きてほしいと」

頭ごなしに結婚を急かしているのではない。

純粋に自分の子どもの将来が心配で、世話を焼かずにはいられない。

俺の母親がテスト勉強をしているのかを気にする――感情的にはそれらの延長でしかないのだろう。

この両親は決して四角四面な価値観に、神崎先生を押しこめようとしているのではない。

それは直接言葉を交わしてよくわかった。

同時に紫鶴さんが生まれて、育ててもらって大人になって固まりきった親子の力関係を覆すことが容易ではないことも。

娘である神崎先生はいまだに親になにも言えない。

「偽物の恋人を連れてまで説得しにきた覚悟を見るつもりでしたが、結局は彼ばかりが話しているではありませんか」

母親は失望したとばかりにため息をこぼす。

神崎先生は顔を伏せて黙ったまま動かない。

——愛しているから上手くいかないことがある。

相手を意識しすぎて、適切な態度がとれなくなってしまう。

それは恋愛以外でもありふれたことだ。

だけど恋愛と違って、家族とは簡単に距離を置けない。

家族だからなんでも言い合えるとは限らない。家族なのに言えないことがある。

「さて。私も他所様の子どもにお説教をするような趣味はありません。あなた、残念ですが今日は帰りましょう。紫鶴さん、お見合いの件は追って連絡します」

「待ってください！」

俺は神崎先生の両親を引き止める。

「……瀬名さん、もういいです」

「ここで諦めたら、俺が一生後悔します！」

「あなたは、ひとりで十分がんばってくれました」

「――俺ひとりで足りないなら、みんなの力を借りるだけです」

俺はスマホを取り出し「電話を一本失礼します！」と相手を呼び出し、合図を送る。

「出番だ。今すぐ来てくれ」

『もう着いてる』

返事と同時に、部屋の扉が開く。

現れたのは瀬名会の面々だった。

「失礼します！」と部活の気合いの入った挨拶よろしく大声で威嚇するように、百九十センチの大柄な七村が入ってくる。みやちーと紗夕もそこに続く。

『希墨くん、呼び出すのが遅いから。出番ないのかと思ったじゃない』

と、スマホ片手に朝姫さんが最後に入ってくる。

俺はみやちーと目が合う。

大丈夫とその視線が語る。なら、あっちは任せよう。

ヨルカだけは別の場所でもうひとつの決着をつけようとしていた。

幕間三

あたし達——瀬名会も、神崎先生のご両親と会うホテルに集まっていた。

スミスミからのラインでレストランの場所は事前に知らされている。

当初の計画が上手くいきそうにない時は、みんなが援軍で駆けつけようというのがスミスミの言う保険だった。

朝姫ちゃんの提案で、わかりやすく全員制服姿だ。

そしてスミスミの予想通り、サングラスをかけたヨルヨルのお姉さんはレストランのあるフロアのソファーでひとり悠然と待ち構えていた。

あたし達に気づくと「やぁ、みんな。また会ったね」と気さくに声をかけてくる。

「あら、あなたはそっち側についちゃったんだ」

ヨルヨルのお姉さんは朝姫ちゃんに向かって残念そうに言った。

「こんな失敗して当然の作戦、なんで計画したのか考えたんですよ。それで失敗した時に誰が一番損をしないのかって言えば、有坂さんのお姉さんですよね」

「酷いな。私は紫鶴ちゃんのことを本気で心配してるだけなのに」

「じゃあ、どうして学食で私に八つ当たりしたんです？」

そこでヨルヨルのお姉さんの顔色が変わる。

「なんのこと？」

「まんまと私と有坂さんを喧嘩させて、希墨くんへの批判を避けたじゃないですか。ずいぶんと過保護なんですね」

「そりゃ私が巻きこんだわけだし――」

「お姉ちゃんって、希墨を特別扱いしてるよね？」

会話に割って入ったのはヨルヨルだった。

「あら、昨日の敵は今日の友ってやつ？」

「お姉ちゃん、誤魔化そうとしないで。私は真面目に訊いてる」

ヨルヨルは真剣な顔でお姉さんの前に立つ。

「後にして。せっかく紫鶴ちゃんががんばっているんだから邪魔しないで。あなた達の乱入はお断りでーす」

立ち上がったお姉さんは手で大きくバッテンをつくって、あたし達を阻む。

「これは希墨くんが言ってたんですけど、彼は自分だけでは代理彼氏は失敗するって」

朝姫ちゃんもヨルヨルの横に並び立つ。

「相変わらず、彼も自己評価が低いな。もう少し自信をもてばいいのに」

「同感です。けど、その謙虚なところが希墨くんの魅力だと思います」

「……ヨルちゃんの前でよく言うねぇ」

ヨルヨルのお姉さんは推し量るように、あたし達を見た。

「そちらこそ、自信がある人はすごいですよねー。希墨くんと先生が追い詰められたところで満を持してのご自分が登場、最後にぜんぶ強引に解決するつもりだったんじゃありません？　美味しいところをわかってますよね」

朝姫ちゃんは爽やかな笑顔で喧嘩を売る。

「――――」

お姉さんはわずかにサングラスを下げて、不機嫌そうな視線を送る。

「文倉さん。中の方は任せる。先に行って」

ヨルヨルが言った。

「ほんとうに美味しい場面を譲ってくれるんだ」

「クラス委員なんでしょう？　相棒が身体張って担任のためにがんばってるんだから、いいからあなたも手伝ってきて」

ヨルヨルは朝姫ちゃんに託す。

それはどんな挑発や信頼にも勝る重たいバトンだった。

「――希墨くんが心変わりしても、文句言わないでよ」

「ありえないから」とヨルヨルは鼻で笑う。

朝姫ちゃんは先陣を切るようにレストランへ向かった。

「どうしたのヨルちゃん、ずいぶん勇ましいこと言って」

「お姉ちゃん、ふたりだけで話がしたいの。これから姉妹喧嘩に付き合って」

「………そっちの方が面白そうか」

ヨルヨルのお姉さんはあっさり一歩下がって、道を開ける。

「んじゃまぁ、瀬名のアシストをしてやるか」

「ですね。ヨル先輩、こちらはお気になさらず！」

ななむーと紗夕ちゃんも続く。

「ひなかちゃんも。わたしは大丈夫だから」

「ヨルヨル……」

あたしはまた球技大会の時みたいにスミスミからこっそり頼まれていた。

彼は、お姉さんと話す時のヨルヨルが押し切られてしまうのを心配していた。

だけど、それはあたしやスミスミの杞憂だ。

今の有坂ヨルカなら大丈夫。

「がんばってね！」

その背中に声をかけて、あたしもみんなを追いかけていった。

第十二話　逆に憧れ

神崎先生は本気で驚いていた。

「皆さん、どうして……」

サプライズで現れた制服姿の教え子達に神崎先生は本気で驚いていた。

それは無論、ご両親も同様の反応だ。

「希墨くんから先生の一大事だと緊急招集を受けましたので」

朝姫さんがさも当然とばかりに答える。

「先生のご両親ですか。私、希墨くんと一緒にクラス委員をしています支倉朝姫といいます。はじめまして。今日はみんなで先生が辞めないように説得に参りました」

朝姫さんは、威圧感のあるご両親に一切に怯まずハキハキと説明する。そのまぶしいばかりの笑顔による好印象とやわらかい態度は、相手の警戒心をにわかに下げていく。

「ほんとうはクラス全員でお邪魔したいところだったんですけど、さすがにご迷惑になるので普段からお世話になってるメンバーを選抜してきました」

朝姫さんは立て板に水とばかりに、この場にいる必然性を主張する。

さすが相棒、と俺は心からの賛辞を送った。

代理彼氏という奇策が失敗した時に、俺が仕込んでいたのは単純かつ古典的な手段。不意打ち&数によるストレートな説得に切り替えることだった。

この瀬名会の多彩な面々を見ればいかに神崎先生が幅広い生徒から慕われるかというのが一目瞭然だ。

平凡男子な俺から朝姫さんみたいな華のある優等生、みやちーのような個性派、元気盛りの紗夕、超体育会系の七村。

背の高い七村の存在感は決して狭くない個室において物理的な圧をあたえる。

「これが瀬名さんの、できることですか？」

「せっかくだから先生を助ける栄誉をみんなと分かち合おうと思いまして」

「テスト前のお休みに、皆さんなにをやっているんですか。ほんとうに」

神崎先生は泣きそうになっていた。

「それに……幸波さんまで」

ひとりだけ学年の違う紗夕がこの場にいることに戸惑っていた。

「いつぞやはご迷惑をおかけしました。その、お詫びじゃないんですけど、きー先輩がどうしても助けてくれって頼みこむので一緒に来ました！」

紗夕のぎこちない態度は、弱々しい神崎先生を見てすぐに普段の高いテンションを取り戻していく。あと、恥ずかしがって俺をダシにするな。

「俺はまぁ、バスケしかできないので。神崎先生やそこの瀬名に去年助けてもらった借りを返しにきただけっす。あ、瀬名がダメでも俺が恋人役ならどうですか？」

堂々となにをアピールしてるんだ、と七村の肝の太さに感心してしまう。

こいつが来てくれただけで強面な父親の存在感が抑えられている気がする。

「ななむー、恋人役って言ってる時点で説得力ゼロすぎー。いい加減なのがバレるよ」

「宮内、勘違いするなって。俺は女性相手にはいつだって超真剣だぞ」

「女遊びの間違いじゃない？」

「手厳しいな」

背の高い七村に、一番小柄なみやちーが砕けた態度で接する。

まぶしい金髪のショートヘア、くりくりとした丸い目と童顔により小動物のような愛らしい印象。耳にはピアス、肌は色白。日射しに弱いので夏場でも薄い長袖を着ており、オーバーサイズで袖が余っていた。

「あたしは神崎先生のクラスが楽しいです。昔からチビのくせに自分の好きな風にしてたせいで嫌な思いもしてたから、元々そんなに学校が好きじゃないです。だけど今はあたしがあたしのままでも誰もいじわるとかしません。それは神崎先生がしっかり見ていてくれてるからだと思います。そんな先生が選んだふたりがちゃんとクラス委員をしてくれているおかげで、うちのクラスではイジメもありません。これは、すごい自慢です」

包み隠さないみやちーの言葉は俺達がうんうんと納得する。

「私は神崎先生を尊敬しています。先生が顧問をしている茶道部にも所属して、勉強以外でもたくさんのことを学ばせてもらってます。先生の的確なご指導があるから、もっと上を目指そうと思えるんです。だから辞めてしまわれたらすごく困ります。すごくさびしいです。すごく嫌です。すごく、しんどいです……」

朝姫さんは切実な気持ちで訴える。

みんな、それぞれの知らないところで神崎先生に助けられていた。

最後におまえの番だぞ、とばかりに瀬名会の視線が集まる。

「えーっとご指摘の通り、俺には恋人がいます。その子と今も付き合えているのは、神崎先生やここにいるみんなのおかげです。俺は別に大したやつじゃないけど、担任のピンチに駆けつけてくれる友達がいるのはちょっと自慢です。ほんと助かってます。それもこれも神崎先生の温かくも厳しい日々のご指導の賜物です」

その上で、俺はさらに付け加える。

「……先生は結婚してもいい奥さんになると思います。美人だし、料理も美味しいし、結婚できる相手は超ラッキーで幸せ者。それと同じくらい、いい先生です。先生に教わって卒業した生徒はいい大人になって、同じように誰かを幸せにするはずです。神崎紫鶴が先生でいてくれるおかげで、将来もっとたくさんの人が幸せになる。そんなすごい仕事をこの人はしてます」

俺は神崎先生の方を見た。

「瀬名、最初からそれを言えばよかったんじゃねえの？」

最後の七村の感想だけは聞き流す。

「みんながいなきゃ言えなかったんだよ。ね、そうでしょう先生」

俺達の想いはひとつだ。

それはご両親以上に、先生本人にも伝わったと思う。

先生は椅子から立ち上がる。

「お父様お母様、私は教師を辞めません。こんな私を信頼してくれる大切な生徒がいます。彼らの成長を手助けできる、こんなにやりがいのある仕事は他にありません。だから、今は信じて待ってください！　いつか必ず、よいお相手を連れてきます。それまでもう少しだけ時間をください。私には、それしか言えません！」

神崎先生は自分の殻を破るように、開き直って大きな声で宣言する。

わずかな沈黙。

「……紫鶴、立派にがんばってるんだな」

強面の父親がポツリと呟く。目からは涙が落ちる。

「あなた。紫鶴さんの生徒さんの前ですよ」

すかさず母親が注意をしながら、ハンカチを手渡す。

「大声を出してみっともない」

対して、母親は切って捨てるように言い放つ。

あれだけ精いっぱいに伝えても顔色ひとつ変えない。

この人にはやはり届かないのか。

「紫鶴さん」

「たとえなんと言われても、お見合いはお断りさせていただきます！」

神崎先生は挫けそうになるのを耐えて、なお声を発する。

「——好きになさい」

「え？」

「親の知らないところで、あなたはしっかりやっているのですね」

「じゃあ、いいんですか？」

「そこまで啖呵を切った以上、後で泣きついてきても知りませんからね」

「は、はい！」

「生徒さんから信頼を裏切らないようにこれからも精進なさい。あなたも、いつまで泣いているの！　帰りますよ！」

急き立てるように父親を立ち上がらせる。

「それでは。皆さん、紫鶴のことをこれからもよろしくお願いします」

去り際の会釈の美しさから、神崎先生の所作は母親仕込みなのがよくわかった。

扉が閉じられ、気配が遠ざかるのを確認してから俺達は全員一斉に息をついた。

部屋の張り詰めていた空気が一気に弛緩する。

「ほんとうに、上手くいくなんて……」

特に神崎先生は魂が抜けたように椅子に再び座りこむ。

「先生、なんとかなりましたよ！　よかったですね！　お見合い回避に成功です！」

「はい。瀬名さんのおかげです。皆さんもありがとうございました」

先生はあらためて感謝を述べた。

俺は役目を終えたとばかりにネクタイを緩める。

「みやちー、ヨルカは？」

「お姉さんの方。きっと今もふたりで話していると思う」

俺はすぐにスマホでヨルカに電話をかける。だが応答はない。

「宮内さん。有坂さんもここに来ているんですか？」

「はい。ヨルヨルも直前まで一緒でした。ほんとはここに来るはずだったんですけど、お姉さんと大事な話があるみたいで」

「そう、あの子が……」

神崎(かんざき)先生は神妙(しんみょう)な面持(おもも)ちで呟(つぶや)く。

「じゃあホテルを手分けしてヨル先輩(せんぱい)を探しましょう！」

紗夕(さゆ)の提案に、みんなはもちろん了解(りょうかい)した。

「では、私も――」

「先生、こっちは俺達でなんとかするのでご両親のお見送りをしてきてください」

「え？」

「俺達の手前、言えないことも向こうはあった気がします。いい機会ですし」

「……教師としては恥(は)ずかしい場面をお見せしました。ですが、とても勇気づけられました。あなた達を教えられて私の方こそ光栄です」

「お礼を言ってるうちに帰っちゃいますよ。先生、早く行ってください」

長くなりそうな気配を察して、俺達は先生を送り出した。

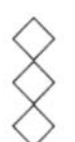

紫鶴(しづる)はホテルのロビーで両親を見つけた。
「お父様！　お母様！」

紫鶴の声に、ふたりの足が止まる。

「着物で走るものではありませんよ」

「あの、先ほどはその」

「ずいぶんと頼りになる生徒さん達ね。特に瀬名くんね、うちのお父さん相手に恐がらずに話せるなんて肝の据わった子。ちょっと気に入ったわ」

「お、お母様がそんなことを仰るなんて、はじめてですね」

紫鶴は母の意外すぎる反応に戸惑う。

「ひとり娘に、いつまでも恋人の影も形もなかったんですよ。心配になって見合いの準備くらいしたくもなります。いつかは私達も孫の顔だって見せてもらいたいですし。かと思えば、いきなり彼氏を連れてくるなんて、こちらの気持ちも少しは考えなさい。しかも教え子に手をつけるなんて」

「つけてません！　彼はお芝居に付き合ってくれただけです！」

「もちろん冗談よ」

「お母様、普段冗談なんか言わないじゃないですか」

叱られる覚悟で来たのに、紫鶴はいよいよ上機嫌な母親に戸惑いを隠せない。

「紫鶴さん、私達はあなたに厳しくしている自覚はあります。それでもかわいい娘がいきなり誰かに嫁ぐかもしれないと突然現実味を増したら親として焦りもします。お父さんなんてずっと寝不足気味だったんですよ」

「なんだか授業参観に行くような緊張感だったよ。お母さんだって、最近のお料理の味付けがいまいちで」

「あなた、いつも美味しいって言ってたじゃないですか！」

「ご、ごめんなさい。かなり神経質になっていたから素直に言えなくて……」

叱られた子どものように父親はシュンと縮こまる。

「お父様とお母様でも、そういうことがあるんですね」

「うほん。とにかく、たとえ今日のお相手が本物の恋人でなくても、紫鶴がはじめて連れてきた人がどんな相手か気になっていたのは事実です。おかげで少しだけ安心できました」

「ほんとうだよね」

両親はしみじみと頷き合う。

「私が嘘をついていたのにですか……？」

これまで両親に嘘もつかずに生きてきた紫鶴にとって、今回の代理彼氏は清水の舞台から飛び降りるような行為だった。

「仕事の虫かと思っていましたが、お相手を見る目はきちんとしていたからです」

「どういう意味ですか？」

「呆れた。紫鶴さん、自覚がないのに瀬名くんを連れてきたの？」

「自覚？　お母様、はっきり仰ってください」

とんと要領をえない紫鶴。普段ならすぐに結論を述べる母親が珍しくもったいぶる。

「紫鶴さんは、個人的に彼を気に入っているのよ。私の女の勘がそう言ってます」

母親の楽しそうな断言に、紫鶴の息は苦しくなる。

「えっ、そうなの？　紫鶴、年下派なの？」

父親の方は希墨が本物の恋人じゃなくて安心していただけで、そこまでは察していない。

「あなた、狼狽しないでください。自分だって私よりずいぶん若いくせに」

「なにを言ってるんだい。お母さんはこれまでもこれからもずっと綺麗なままじゃないか」

昔から変わらず仲睦まじい両親。

「……私が恋愛下手なのは、おふたりのせいでもあるんですけど」

もともと恋愛への興味関心の薄かった紫鶴。そんな彼女は絶対上位な母親にベタ惚れな父親という明確な力関係のある家庭で育ってきた。

「バカをおっしゃい。私が紫鶴さんより気が強いだけで、性格自体は昔の私にそっくりじゃないの。むしろ男の好みなんて一緒よ」

「それは、具体的にどういう……？」

うんうん、と納得している父親を横目で眺めながら、紫鶴は母親の言葉を待った。

「こりもせず、媚びもせず、だけど献身的な人よ」

その特徴は、確かに瀬名希墨の態度や行動とピッタリ当てはまる。

必要なコミュニケーションを根気強く欠かさず、きちんと生徒と教師の一線を守りながらも時に砕けた態度で物申す。話しやすくて頼みやすい。そして、任された仕事はきちんとこなすから信用が置けた。

そういえば彼が茶室に来る時には、わざわざお茶を点てることが多い。

茶道部の部活動以外で、そんなひと手間を生徒にかけるのは稀だ。

「か、彼は私の教え子ですよ！　しかも九歳も歳が離れているんです！　ありえません！」

紫鶴は、否定する声が裏返ってしまう。

「あなたが年の差を気にするの？　お父さんなんて、私より一回りも下なんだから我が家では問題ないでしょうに」

そう。紫鶴の母親は実年齢よりかなり若く見えるタイプの女性だった。両親ふたりが並ぶといかつい見た目と迫力も相まってむしろ父親の方が年上に見られる。

「先ほどは、散々彼を子ども扱いしていましたけど！」

「あれは紫鶴さんの手前、いきなり瀬名くんを歓迎してもマズイでしょう。彼はまだ子どもなわけですから気楽にＯＫなんて出せません」

父親も横で深く同意した。

「彼には恋人もいるんですから！」

「まだ高校生でしょう。なにも学生時代の彼女と結婚するわけじゃあるまいし、卒業してからなら、別にとやかく言うつもりもありません」

娘の色恋の気配に浮かれた母親はいつになく乗り気だった。

「――嘘から出た誠からでも幸せにはなれるわ。それならそれで大歓迎よ。ただ、なるべく早めにね」

横でなにかとやきもきしている父親を一喝して、両親は去っていった。

ロビーにひとり残った紫鶴はしばし動けなくなってしまう。

「生徒でなくなった、あとって……えっ、えぇ!?」

紫鶴は自分の頬がやけに熱いのは、夏に着物を着ているせいだと必死に言い聞かせた。

もっとも冷房の利いたホテルのロビーではかなり無理のある言い訳である。

喧嘩するほど仲がいい、なんて大嘘だ。

世界から戦争がなくならないのが、その証明だろう。

こんな戯言を言えるのは相手と健全なコミュニケーションをとれるコミュ強の人か、キツイ言葉を交わしたところで許し合える元々仲良しの間柄に限られる。

逆はありえない。

それは一方の意見を押し切られて我慢するなり黙っている、もしくは最初から争いが起きないように距離を置いてるだけだ。

コミュニケーション能力の低い人間が口を開けば、簡単に失言をするし話もまとまらない。うっかりズレたことを言ってしまったら場がしらける。最悪、怒られるし嫌われる。なによりそうやって上手く話せない自分に毎度のように失望し、傷つくを繰り返す。

黙っているのは立派なリスクヘッジだ。

少なくとも有坂ヨルカという女には有効だった。

人を遠ざけることで余計なストレスを避けられるし、誰かと騒ぐのはそもそも苦手だ。

それでも人生とは厳しく残酷なもので、発言をしない人間は無き者として扱われやすい。

汲み取ってくれる人は少数派で、そこから施してくれる人はさらに減る。

大多数は他人に鈍感で、他人を意に介さない自己中心的な人ほど声が大きい場合が多い。

だから教室というせまい世界が嫌いだった。

未熟な人間達が一日中せまい空間に閉じこめられる。全体では同じような行動を強要されながら、個々の仲良しごっこについては丸投げ。

集団生活の訓練といえば聞こえがいいが、どこまで意味や効果があるかは疑問だ。

繊細な人間にとっては、円滑な人間関係の構築は難易度が高すぎる。

昔から他人の言葉に敏感で恥ずかしがり屋な少女は、咄嗟にかけられる言葉にどう反応していいかわからなかった。

ゆえに幼いヨルカは姉に心の底から憧れた。

姉と同じように振る舞えば、少なくとも相手の反応を予測できたからだ。

不測の事態が起こらなければ、あらかじめ用意しておいた答えで乗り切れる。

それはヨルカにとって革命的な大発見だった。

姉のような行動は数学の公式のごとく、あらゆる局面で有効で役立った。

同じ褒め言葉を引き出すために、明るく前向きな姉と同じ行動や態度をとる。

周囲の大人で、ヨルカの手段と目的が逆転していることに気づく者はいなかった。

大好きだった姉の真似をすること自体はヨルカも楽しく、常に揺るぎない目標として存在してくれるので迷う必要がなかった。

その姉の真似というヨルカだけが再現できる処世術も中学生にもなると、万能ではなくなりつつあった。

第一にヨルカの自意識の成長によりギャップが生まれはじめ、どれだけ姉を上手く演じても苦痛を感じる度合いの方が強くなりはじめていた。

同級生の反応も特に恋愛感情をともなうことで、イレギュラーな場面が急激に増加してきた。

アドリブの苦手なヨルカにとって強い好意ですらノイズでしかない。そして、対応を間違えると男子の態度は急変し、なぜか周囲の女子の態度まで冷たくなり、面識もない他クラスの女子から一方的にキツイ言葉を浴びせられることもあった。

また姉を知る人々からも違いを指摘される機会が増えた。

彼らにとって悪意のない比較だが、ヨルカには自分が劣っているように聞こえた。

さすがのヨルカも姉の真似をすることの限界を自覚しつつも、他に方法が見当たらない。

手段と目的が逆転しているから、褒められたところで自分の自信に結びつかない。

姉は変わらず輝いたままで、いつまで経っても差は埋まらない。

焦るヨルカは必死に姉にアドバイスを求めた。

妹の異変に気づいたアリアが説得しても、ヨルカは唯一の武器を手放せない。

最終的に憧れだった姉に恋人ができた——という真似しようのない事態によって、ヨルカは二重の意味ですべてがどうでもよくなった。

大好きな姉が他の人にとられたというショック。

積もりに積もっていたストレスの反動で、自分の学校生活を上手くやろうなんて気力もなくなった。他人との拘わりをすべて拒絶し、自ら孤独の安息に行き着いた。

幸か不幸かヨルカ自身の意思にともなう一貫した行動は、はじめて自力で自分を守ることに繋がった。

——だからといって他人とのコミュニケーション抜きに終われないのが人生の理不尽さだ。

やがて瀬名希墨という不快ではない他人と出会い、それどころか恋に落ちて、むしろ自分から彼との拘わりを望むようになるとは思いもよらなかった。

希墨をきっかけに、言葉を交わせる友人も増えた。

ヨルカは自分らしくいることで、むしろ以前より楽に他人と話せることに気づく。

そして今、大好きな姉とほんとうの意味で向き合う。

ずっと見上げるだけだった理想、高すぎる目標、絶対に超えられない家族。

そんな相手を前に、ヨルカは緊張で膝が笑ってしまう。

ほんとうは今すぐ逃げ出したかった。

「ヨルちゃんは、スミくんの方にいかなくていいの？」

先を歩く姉はいつもの余裕のある雰囲気で、気楽に話しかけてくる。

ヨルカとアリアは、このホテルの名物である日本庭園に出ていた。

鬱蒼とした森を思わせる樹々に包まれて、東京の真ん中にも拘わらず喧騒は遠い。青々と茂る葉がつくる日陰のおかげで、ここは涼しく感じられる。外で話すにはちょうどいい。

「あっちは希墨も、みんなもいるから心配してない」

「ヨルちゃんがお友達を頼るなんてほんと、変わったね。紫鶴ちゃんのこと嫌いだから、ここには来ないと思ってた」

「それは昔お姉ちゃんが変な嘘をついたのが原因」

恋人の神崎先生、としか説明しなかったアリアが百パーセント悪い。

はじめて自分の担任を名乗る女性が神崎と名乗った時の動揺と混乱は今でも覚えている。

あの瞬間、時間差で二度も裏切った姉の意地悪さをヨルカは知った。

「だってヨルちゃんって繊細なのに、自分をしっかりもってる頑固者だから私の話をちゃんと聞いてくれなかったでしょう。私も咄嗟の思いつきだったのに、まさかこんなに尾を引くとは思わなかったよ。ほんと、ヨルちゃんにも紫鶴ちゃんにも迷惑をかけちゃったね」

アリアは手近なベンチに座り、サングラスを外した。

「それで、さっきの姉妹喧嘩ってなに？　ずいぶんあらたまった言い方ね」

「わたし達はもっと早く話をしないといけなかったんだよ」

「真面目だねぇ。喧嘩するのに、わざわざ宣言なんて。それもスミくんの影響？」

「なんで希墨が出てくるの？」

「朝帰りの噂を消したあと、紫鶴ちゃんがすんごい愚痴ってたもの」

「…………」

「ヨルちゃんの彼氏はずいぶんと大胆なことするなって驚いたけど、スミくんと知って納得したよ。無茶ぶりや突飛な行動は彼が私から学んだことなんだろうなって」

そう語るアリアの顔はどこか嬉しげだ。

いつも自らを平凡と謙遜する希墨が、時折発揮する大胆さは姉の影響なのだろう。

「おかげでわたしも振り回されている」

「それでも好きなんでしょう？」

「もちろん。わたしは希墨の恋人だから」

「堂々としたヨルちゃんを見られて安心したよ。スミくんに感謝だね」

そんな姉は微塵の揺らぎもなくヨルカを褒めた。

ニコニコとした表情を崩さず、妹の話に悠然と耳を傾ける。

「わたしはお姉ちゃんと喧嘩をするなんて発想、そもそもなかった。理想で、憧れで、目標で、一生勝てない人だと思ってた」

仲良し姉妹に優劣はなくとも、役割分担としての上下関係はあった。

姉は導き、妹は従う。そこには揺るぎない愛と信頼があり、だからこそ争いもない。

「……その言い方だと、これから勝つって風に聞こえるんだけど」

「そうだよ」

「へぇ面白い。なにで勝ち負けを決める？　あ、キャットファイトは痛そうだから嫌だな」

「別に気を遣わなくていいよ。お姉ちゃんは言いたいことを言って」

「特に言いたいことなんてないけど」

「ほんとに」

「なにを疑っているの？」

ヨルカは、ようやく姉のとなりに座る。

「だってお姉ちゃん、本気で希墨のこと気になってるでしょ」

ヨルカは、姉がかすかに息をのむのを見逃さなかった。

「面白いこと言うね。確かにスミくんのことは好きだよ。だけど、あくまで人間的に気に入っているだけの話。さすがに高校生に手は出さないし、ましてヨルちゃんの恋人じゃない」

アリアはあくまで冗談として聞き流す。

「お姉ちゃんと希墨の近い距離感が気になる理由をずっと考えてた。最初、わたしは希墨がお姉ちゃんに近づくことに嫉妬してたくらいだから」

ヨルカは、ふたりの近すぎる距離感が気に入らないだけだと思っていた。

「ん？　どういうこと？　ヨルちゃんはスミくんが私を大魔王とか失礼な扱いをして、怒ってたくらいじゃない。あ、あの砕けた態度がお気に召さないから？　そりゃ、いくら姉とはいえ他の女と恋人が親しげにしてるのは嫌だよね。ヨルちゃん、ごめんね」

自分が悪いとばかりに、アリアはあっさり謝った。

「……やっぱり、それはふつうの反応すぎるよね」

ヨルカは確信する。

「え？」

「そんなの、お姉ちゃんの反応としてありえないよ。なんでふつうに謝るの？」

ヨルカは反応をうかがうようにアリアの顔を見た。

視線は疑うものでなく、断定している。

違う、とアリアの唇が紡ぎかけて止まった。

アリアはすぐ横にいるヨルカの顔を見ない。見れない。どう向き合えばいいのか、ふいにわからなくなってしまう。

「わたしは無意識に気づいてたんだ。お姉ちゃんの本心が漏れ出しているのに。同時に確信も持てなくて、つい言いやすい希墨に先に注意してただけで。ほんとうは逆なんだって。そりゃ言う相手が間違っている以上、状況は変わらないよね」

「今回は紫鶴ちゃんのお見合いがあったから、たまたま。それにスミくんに会うのは二年ぶりくらいなんだよ？」

「そういう口実があれば、堂々と会えるもんね」

「ヨルちゃん、深読みしすぎ」

「わたしもそう思ってた。だって、お姉ちゃんはわたしのことが大好きなのを知ってる。お姉ちゃんは、わたしが嫌になることだけを絶対にしないもの」

「もちろんよ！」

アリアは力強く同意する。

その気持ちに嘘偽りはない。ヨルカもそれをわかっている。

だからこそ致命的なのだ。

「うん。わたしもお姉ちゃんが今もずっと大好きよ。だから勝手にその可能性はないって頭の中から排除してた。だって、実の姉だから」

強い好意は時に現実の認識を歪ませる。

ましてヨルカは完璧で理想的な姉に、人並み以上の愛情と尊敬と信頼をずっと抱いてきた。

いつもやさしいお姉ちゃんが自分を裏切るわけがない、と。

「お姉ちゃんの真似をしてた頃でさえ、どれだけ心配しても、怒鳴ったり無理に止めることはしなかった。だって、わたしが大好きだから。けど——今回は違う」

姉との正しい喧嘩の仕方はわからない。

だけど、姉の真似するのだけは大得意だ。

相手をよく見て、些細なヒントを見逃さず、その本心を摑み、全体像を組み上げる。そして核心を突く一言さえあれば、人の気持ちは揺さぶれる。

「お姉ちゃんは、わたしの嫌がることを続けた。希墨に近づこうとした。いつもなら絶対やめてくれるのに」

「——」

「学校に来た時も、紗夕ちゃんや支倉さんの本心を勝手に暴いたりしたのも、お姉ちゃん自身が希墨の近くにいられる他の女の子達に嫉妬してたんだよ。だから、瀬名会を壊そうとした」

「どの道あのグループは上手くいかないってば。振られた子達は目の前で、ずっとヨルちゃんとスミくんのイチャイチャを見せつけられるんだから」

「わたしは好きにすればって、みんなに伝えてある。強制なんかしてないし、嫌なら参加しなければいい。だけどお姉ちゃんに口出しされたくない」

ヨルカは語気を強める。

「誰か好きになったら、自分でも止められなくなるのをわたしは知ってるよ」

アリアはようやくヨルカを見た。

同じベンチに座り、同じ目線の高さで姉妹は言葉を交わす。

「わたしは希墨に恋をして、告白してもらえて嬉しかった。両想いになれて毎日が楽しいってはじめて思えるようになったの。希墨に会えるなら、学校もそんなに悪くないって。瀬名会の友達とも気楽に話せるんだよ」

「ヨルちゃん……」

「ごめんね、つらい想いをさせて。先に出会ったのはお姉ちゃんなのに。だけど彼が選んだのはわたしなんだ。お姉ちゃんが大好きな妹の、有坂ヨルカなの。アリアじゃない」

自分の姉を、こんな風に下の名前で呼び捨てにしたのははじめてだった。

板挟みなのはアリアも同じだ。

きっと同じ苦悩を抱えていたのかもしれない。

できれば、こんな言葉を大好きな姉に向かって言いたくはなかった。

だけど今言わなければ、未来でもっと酷いことになるかもしれない。

ヨルカは泣きそうになるのを必死にこらえながら、想いのすべてをぶつけた。

「わたしは、お姉ちゃんを幻滅なんかしたくないッ！　嫌いになりたくないッ！　一生仲良しの姉妹でいたい。だから、お姉ちゃんだけは絶対、わたしの恋敵になっちゃいけないのッ！」

ヨルカは身を切るような気分だった。

どんな子が彼を好きになっても戦えばいい。最後に勝って、忘れてしまえばいい。

しかしアリアだけはダメだ。

本気になったら、お互いに消えない傷を抱えて残りの人生を生きていくことになる。

誰よりも大好きな姉を一生憎んですごさなければならない。

あとは祈るしかなかった。

――お願い、戦おうとしないで。

「わたしの好きな人を、好きにならないで」

ヨルカはもう泣いていた。

想像するだけで恐くて恐くて、涙が止まらなくなってしまうのだ。

「──お姉ちゃんも希墨も、ふたり一緒にいなくなったら嫌だよぉ」

それがヨルカにとって最悪の未来だった。

大切な人がふたり同時に自分から離れてしまうなんて、ヨルカには考えられない。

最愛の姉と恋人を失いたくなかった。

「きっと大好きな人のできたヨルちゃんを見て、私もちょっとだけ憧れちゃったんだろうね」

「え？」

「けど一番大事な妹を泣かせるなんて。悪いお姉ちゃんでごめんね」

ヨルカは、アリアに抱きしめられていた。

「どうしても希墨だけは……」

「安心して。私は、ずっとヨルちゃんのお姉ちゃんだから」

「お姉ちゃん」

「私も大好きよ。だから泣かないで」

姉の温もりに包まれて、ヨルカは昔の感覚を思い出す。

両親が日本にいない間、ずっと姉に甘えていた。さびしい時、悲しい時、つらい時、いつも姉はやさしく抱きしめてくれた。

それだけで落ち着いた。涙が収まり、安心することができた。

「生まれた時から知ってるのよ。私がヨルちゃんを裏切れるわけないじゃない」

「お姉ちゃんにハグされるの、久しぶり」

「いつも彼に甘えているくせに」

「ハグが安心するって教えてくれたのはお姉ちゃんだよ」

「……ヨルちゃん、大きくなったなぁ」

アリアは、妹がもう小さな少女ではないことをほんとうの意味で実感した。

第十三話　キス

「紫鶴ちゃん。お見合いは無事に回避できたみたいね」

「アリアは、妹さんと十分に話せましたか？」

期末テストを間近に控えた高校生達は、今すぐ勉強をしなさいと先に帰らせた。

すべてを終えたアリアと紫鶴はふたりだけでホテルのラウンジにあるカフェにいた。

「人生ではじめての姉妹喧嘩、ほとんど不戦敗だったよ」

「負けた割には嬉しそうですけど」

「ヨルちゃんって小さい頃から繊細なのに、妙に一途すぎるところがあったの。思いこんだら頑固で、私とは違った意味でアンバランスな子だったのよ。だけど今はアドバイスに耳を傾ける友達もできたみたいで一安心」

「彼のことは？」

「言わずもがな」

注文したケーキセットがテーブルに運ばれてきた。ふたりともチョコレートケーキで飲み物はアリアの前にアイスコーヒー、紫鶴の前には紅茶が置かれる。

「ガムシロップは入れなくていいのですか？　アリアは甘い方が好きでしょう」

「あぁ、うん。でもアイスコーヒーなら別に甘くなくても飲めるんだ」

アリアは細いストローに口をつける。

「……そうでしたか」

「紫鶴ちゃんこそ緑茶じゃなくていいの？」

「ケーキに合わせるなら紅茶です。それに緑茶は学校だけで十分です」

「ねぇ知ってる。紅茶と緑茶って発酵度合いが違うだけで、同じ茶葉なんだって」

知ってます、と言う紫鶴のフォークを口に運ぶ速度はいつもより速い。

「お腹減っていたみたいだね」

「朝から着付けをして、ほとんど食べてなかったんです。ただでさえ緊張もしてたのでお昼もロクに通りませんでした。それより、よくも私達を裏切ってくれましたね」

「お母さん達にはバラさないようにお願いしてたんだけどなぁ……」

「まったく。それで、どこまでがアリアの計画だったんですか？」

紫鶴は咎めるように元教え子を見た。

「私が紫鶴ちゃんの実家を訪ねて、実際どうなのかなって念のため敵情視察に行ったのですよ。で、ついでに代理彼氏の件を先に報告したの。血相変えて驚いてたのは面白かった」

アリアは味わい深い顔で思い出し笑いをする。

「うちの両親を手玉にとるなんて、いい度胸してますよ」

「手塩にかけた一人娘がいきなり教え子に手を出して、彼氏として連れてくると聞けばねぇ。教えた瞬間、あの厳しいお母さんが悲鳴じみた声をあげてたし」

「手を出してません！　けど、そんな母はちょっと見たかったですね」

　紫鶴もようやく肩の荷が下りたと、表情をやわらかくする。

「もちろん芝居で、それくらい嫌がっているよってことを事前に伝えておきたかったんだよ。本番の席でいきなりスミくんが高校生ってバレたら、あのお母さんが怒り狂ってなにをするかわかったもんじゃないし」

「それは、まぁ」

「紫鶴ちゃんがビビりすぎなのよ。あのお母さんも押しは強いけど、娘に過保護すぎるだけで、本気で嫌がったら無理強いはしないから。紫鶴ちゃんだってちゃんと教師になれてるわけだし。実際は見合い話を口実に、紫鶴ちゃんの顔を見たかったところが本音っぽいよ」

「もう少し、そのあたりの本心がわかりやすいと私も身構えなくて済むんですけどね」

「私としては親子のいいガス抜きになればなって。フォロー役で横に置いたスミくんが説得できればそれもヨシ、追い詰められた紫鶴ちゃんの奮起にも期待してたし。最悪、私が乗りこんで場を収めれば大丈夫かなって」

「じゃあ支倉さん達がやってきたのは……」

「うん。私の仕込みじゃなくて、スミくん達のサプライズ。相変わらず生徒からの人望が厚いねぇ、紫鶴ちゃんは」

　素晴らしい、と呑気に拍手で褒めたたえるアリア。

「彼女達にまであそこまでしてもらって上手くいかなかったらどうするつもりだったんですか！　危うく担任として二度と顔向けできないところだったんですよ」

「仕方ないじゃん。私は私で予想外のヨルちゃんに足止めされちゃったわけだし」

　開き直った様子で肩を竦めたアリアは、両の手のひらを返す。

「……そちらも、よい話はできましたか？」

「うん。おかげさまで」

　アリアは晴れやかな顔で報告する。

「それはよかった」

「私はなにもしてないよ。ヨルちゃんが自力で私を乗り越えてくれたの。あとはスミくん達のサポートのおかげかな」

　わだかまっていた妹に対する様々な思いが解消されて、アリアも今とても気分がよかった。

「ところで、アリア。ひとつ訊きたかったことがあるのですが、なぜ瀬名さんをスミくんというあだ名で呼ぶんですか？」

　急にアリアは黙りこむ。

「言わなきゃ、ダメ？」

「いい機会ですから」

紫鶴は、珍しく顔を赤くする元教え子の答えを待つ。

「最初はさ、気軽に希墨ってふつうに呼んでたんだよ。だけど途中から希墨って名前、英語だとＫＩＳＳ　ＭＥに聞こえるじゃない。一度気になると名前を呼ぶだびに『キスして』って言ってるみたいで恥ずかしいでしょう」

「えらく初心な理由ですね。しかも中途半端に未練を感じます」

紫鶴は無表情に冷ややかなコメントする。

「紫鶴ちゃんだけには言われたくないから！」

「そうやってムキになって叫ぶ時は、妹さんそっくりです」

卒業した現在、生徒と教師の垣根を越えて、ふたりは親友同士だった。

「瀬名さん。有坂さん。このあとお話があります」
期末テスト最終日。帰りのホームルームが終わる前に俺達は神崎先生に呼び出された。
今日のヨルカは珍しく素直についてきた。

「先日は、私事でお手を煩わせて申し訳ありません。そして、ありがとうございました」

茶道部の茶室で、久しぶりに神崎先生からお茶を振る舞ってもらえた。

「丸く収まったならよかったです」

俺は苦い抹茶を堪能しながら、テストを乗り切ったことと相まってほっと一息をつく。

「呑気にリラックスしないでよ。わたしが教えたのに、期末テストの点数が悪かったら許さないんだからね」

ヨルカは険のある声で叱った。

代理彼氏の方に時間と精神力をもっていかれていた俺は、あのまま期末テストを迎えていたら苦手科目は赤点をとりかねないような有り様だった。

見かねたヨルカの発案で、瀬名会でテスト対策の勉強会を催した。

勉強に不安のある七村や紗夕も賛同し、毎日のように放課後はみんなで集まった。

ヨルカの指導はいつも以上に厳しかったが、日常が戻ったみたいで俺は嬉しかった。

「きっと、大丈夫……たぶん」

「ほんとかなぁ」

「今回に関しては私も弁明の余地がありません」

先生も恐縮しきりだ。

「ほんと、担任のくせにいい迷惑よ」

「ヨルカ！」

「いいでしょう。自分の恋人が代理彼氏にされたのよ。文句を言う権利くらいあるから」

俺と先生は同時に押し黙る。

「で、ちゃんと担任を続けるんでしょうね？」

「もちろん。たとえ有坂さんに嫌がられても、私はあなたの担任です」

「ならいいわ。神崎先生」

ヨルカの声にいつものような敵意はなく、ふつうに神崎先生と呼んだ。

「有坂さん……」

神崎先生は噛みしめるようにヨルカを見つめた。

「――もうわたしは大丈夫だから」

「そのようですね」

ヨルカと神崎先生は目を合わせて、少しだけ笑った。


「遅えよ。瀬名、有坂ちゃん」

俺とヨルカが茶室を出ると、七村に朝姫さん、みやちーと紗夕が廊下で待ち構えていた。

「七村。約束なんてあったか？」

「瀬名よ、テストが終わったらその後は打ち上げだろ。これ常識」

そんなリア充陽キャのみに通じそうな常識なぞ俺は知らん。

「少しは気を遣えよ。俺はヨルカと──」

「たまにはいいんじゃない」とヨルカは乗り気だ。

「え、いいの？」

「どうせ夏休みになったら、いくらでもふたりの時間をすごせるじゃない」

ヨルカは俺の夏休みを独占するのが当然という口振り。

「甘いわね、有坂さん。希墨くんの夏休みにそれほど自由な時間はないから」

朝姫さんは勝ち誇るように口をはさんできた。

「どういう意味よ、支倉さん」

「永聖のクラス委員の夏休みはね、秋の体育祭や文化祭の準備に駆り出されるの」

「はぁ⁉　それぞれ実行委員が別にいるでしょ！」

「それで足りないから、クラス委員も容赦なく動員されるの。あなたのお姉さんがイベントを大規模化したせいでね！」

「じゃあ、まさか……」

ヨルカは顔色を変える。

「当然、クラス委員の相棒である私は夏休みも希墨くんと多くの時間を一緒にすごすから！」

すごい、こんなドヤ顔の朝姫さんをはじめて見た。

「もうっ！　お姉ちゃんは余計なことして！」

ヨルカは、ここにいないはずの姉に相も変わらず振り回される。

ほんとうにアリアさんの影響力はすごいとしか言いようがない。

「あの厄介な姉の妹であることをせいぜい恨むのね」

どうにも学食でのアリアさんの鬼畜の所業をかなり根に持っている朝姫さん。ここぞとばかりの意趣返しと、ヨルカに対して遠慮がない。

「朝姫ちゃんイキイキしてるなぁ」

「アサ先輩、戦う気満々じゃないですか」

みやちーと紗夕は複雑な苦笑いを浮かべていた。

「関係ないから！　希墨の恋人はわたしだから！」

「それは今だけの話でしょう。恋愛において永久王座はありえないんだから」

ヨルカと朝姫さんは、廊下のど真ん中で喧嘩腰だ。

俺の存在は完全に無視されていた。

「どうだ、瀬名。モテるって案外面倒くさいだろ」

七村は同情するように肩を組む。筋肉が重いんだよ。

「知るか！　俺はヨルカ一筋だ！」

「夏休みが楽しみだなぁ」

「おまえは大人しくバスケの練習でもしてろ」

「息抜きは必要だろ。俺は積極的にイベントを企画するからな。覚悟しとけよ！」

「あーなら私、旅行いきたいです！　みんなでどっか行きませんか！」

「幸波ちゃん、ナイスアイディア！」

すかさず乗ってくる紗夕。

「あたしは花火したいなぁ」

「宮内、それも採用！」

そうやって俺の夏休みが勝手に埋まっていく。

◇◇◇

テスト採点期間中の休み、俺は久しぶりにヨルカとのデートを楽しんでいた。

お昼前に渋谷に集まって、まずは映画館へ。ハリウッドの超大作アクション映画を観る。手に汗握る大興奮の二時間強だった。それから遅めのランチをしながら映画の感想を語り合うと、気の向くままにウィンドウショッピングに繰り出す。

「あ、あのネックレス」

立ち寄った百貨店には、前回のデートで訪れたブランドのショップが同じくテナントとして入っていた。

ヨルカが目を奪われたのは、例の気に入っていたネックレスだった。

「やっぱりかわいいな」とショーケースの中をしげしげと眺めるヨルカ。

そのとなりで、俺は我ながら思い切ったことをしてみる。

「すみません、このネックレスください！」

この値段なら去年貯めたアルバイト代で十分払える金額だった。

「え、希墨⁉」

「俺がプレゼントする」

「いいよ。別にそんなことしなくても」

「気に入ってるんだろ。俺もそれはヨルカに似合っていると思う。だから、つけてほしい」

「だけど悪いよ」

「いろいろ心配させたお詫び」

「……いいの？」

「あぁ、はじめてのプレゼントをするならこのネックレスがいい」

店員さんが包装しようとすると「このままつけていきます」とヨルカは言った。

夏の日射しに、彼女の細い首元のネックレスがキラリと輝く。

「ありがとう、希墨。大事にするから」

「喜んでくれたならよかった」

「うん」

ヨルカはすこぶる上機嫌だった。

「わたしもお礼をしたいな」

「こんな風に夏休みもデートしてくれるだけで十分」

「それだと割に合わないから」

「うーん、難しいな」

「希墨。あなたがやさしくて無欲すぎるからトラブルが起きるの。望むものがあるなら言ってくれた方が、わたしも安心できるから！」

ヨルカはキリっとした鋭い目で見てくる。

「すぐに欲しい物なんて浮かばないからなぁ」

「別に物じゃなくても構わないから！」

スクランブル交差点で信号が変わるのを待ちながら俺は思案する。

せっかくヨルカにプレゼントしてもらえるなら特別なものがいい。

俺はふと、気になっていたけどまだなものに思い至る。

あれだ。間違いなく俺が欲しいのは、あれしかない。

だが、こんな渋谷のど真ん中で言っていいものか。

単純に俺も恥ずかしい。

「なんか思いついたみたいね」

「ヨルカ、鋭くない？」

「希墨のことなんてお見通しよ」

「じゃあ当ててみ」

わかるものなら是非察してほしいものだ。

「もっと詳しく読み取りたいから、こっち向いて」

「エスパーかよ」

俺は言われた通り、信号機からヨルカの方を向く。

次の瞬間、俺の唇にヨルカの唇が重なる。

都会の雑踏も暑さも消し飛び、触れ合った唇の感触だけがすべてになった。

同じく信号待ちの人々がいる中、俺達はキスをする。

「これが、正解？」

ヨルカは恥ずかしそうに訊ねた。

外で、周りには人がいっぱいいる。けど、ヨルカは自分からキスをしてくれた。

「……夢じゃないよな？」

「さぁ、どうだろう」

信号が青になり、世界が動き出す。

ヨルカは軽い足取りで先に歩いていく。

その手は俺の手をぎゅっと握ったまま離さない。

「ヨルカ！」

「なに？」

「大好きだ！」

「わたしも希墨が好き！」

恋人達の夏休みはもうすぐだ。

了

あとがき（ネタバレ注意）

はじめまして、またはお久しぶりです。羽場楽人です。

このたびは『わたし以外とのラブコメは許さないんだからね』三巻をお読みいただきありがとうございます。

ついに三巻ですよ！

私自身、初の三巻なので喜びも格別です。

三部作、三位一体、三種の神器、三冠王、御三家、三原色、三方よし、世界三大美人、三顧の礼、など三の数字にはめでたさや凄さに豊かさ、安定などを感じます。

いいですよね、三。

本作を書いてから素晴らしいことの連続です。

電撃文庫公式ツイッターの投票で決定した〝わたラブ〟という本作の愛称、初めての重版、緊急事態宣言下での二巻発売からの一巻二巻Ｗ重版、豪華声優陣によるＰＶ公開などなど。

そして三巻に喜んでいたら――四巻が出ます。

これもひとえに応援くださる読者様のおかげです。ありがとうございます！

引き続き四巻もよろしくお願いいたします。

さて、ひとつの大きな区切りを迎えた三巻。

告白から始まる両想いラブコメ、今回は絶対に戦ってはいけない恋敵との物語でした。

一巻からその存在を匂わせてきたヨルカの姉・有坂アリア、ついに登場です。

ヨルカが憧れた理想の姉は、まさかの恋人の恩人。

強力な嵐のように人間関係を変えていくアリアは、作者としても大変書きやすくお気に入りのキャラクターです。

皆さん、綺麗なお姉さんは好きですよね。

わたラブを執筆しはじめた時から、ヨルカはいつか必ずアリアと向き合わなければいけない運命だと感じていました。

ここに至るまで、ヨルカには三冊という時間が必要でした。

なにせ一巻の表紙でさえ不機嫌そうな顔をしていた女の子です。

希墨とのかけがえのない日々を重ねたからこそ、ヨルカもずいぶんと成長しました。

コミュニケーションの苦手な女の子が他人の協力を自らの声で求め、自分の経験を活かして、本心を恐がらずに打ち明けられるようになりました。

クライマックスの姉妹喧嘩では完全に作者の手を離れ、ヨルカ自身の発した言葉でアリアと話していました。ほんと、立派になって。

三巻のヨルカのキスは、一巻の希墨の恋人宣言（スキ）と同じくらい大きな意味があります。

また、影のMVPは間違いなく主人公の希墨です。

基本的に出ずっぱりの主人公なのに、縁の下の力持ちなあたり実に希墨っぽいですね。

ラブコメ主人公のその宿命として彼は多くの誘惑に振り回されます。

しかし希墨は決して迷わず恋人に一途であり続けたからこそ、その愛情を支えにしたヨルカはアリアと姉妹喧嘩することができました。

両想いの恋人達はふたりで最大の危機を乗り越えたのだと思います。

ふたりのキスシーンまで書けて、本当に良かったです。

この物語は例によってフィクションですが、またも劇中の元ネタとなった私の実話をひとつ。

私が中学時代に通っていた学習塾で塾講師のアルバイトをされていた方が、その後にキー局の女子アナウンサーとしてご活躍されていました。私はテレビで拝見していたにも拘わらず、当時一緒に塾に通っていた友達に教えてもらうまで気づいていませんでした。

だって記憶とぜんぜん印象が違うんだもの。

人は変わっていく存在です。

担当編集の阿南様、今回もありがとうございました。いつもクールな助言があるからこそ、作者にとっての作品と本という商品とのバランスが取れているのだと思います。

イラストのイコモチ様。希墨がヨルカにプレゼントするネックレスのエピソードはらのすぽ公式記念本の描き下ろしイラストから着想を得ました。素晴らしいイラストの多大なる刺激が作品を豊かにするのは間違いありません。というか、もはやイコモチさんの新しい絵を見たいがために本作を書いているところさえあります。いつもありがとうございます。

デザイン、校閲、営業など本作の出版にお力添えいただいた関係者様に御礼申し上げます。

家族友人知人、同業の皆様、いつもありがとう。

次ページからは四巻の予告です。

待ちに待った水着回！　真夏に恋が加速する！

キスを経て、最高気温を更新する勢いで希墨とヨルカのイチャイチャは天井知らず。

楽しいイベントばかりの全編夏休みエピソードでお送りします。

両想いラブコメが迎える最高の夏にご期待あれ。

それでは羽場楽人でした。四巻でまたお会いしましょう。

BGM : indigo la End『悲しくなる前に』

そして、夏休みが来た。

「なんで初日から学校なんか来てるんだか」

「諦めなって。これも永聖のクラス委員のお仕事なんだから。ふたりで頑張ろう！」

「朝姫さん、テンション高いね」

「そんなことないけど♪」

鼻歌交じりの朝姫さんと俺は、朝の昇降口で合流した。

「――甘いわね。あなたの都合のいい状況なんて起こさせないから！」

そこにいたのは、制服姿のヨルカだった。

「なッ⁉　どうして有坂さんがここに？」

「ヨルカ。せっかくの休みなのに、なにかあったのか？」

俺も聞いておらず、朝姫さんと同じく驚いた。

「サプライズってやつよ。家にいるより希墨に会う方が楽しいし。お弁当を作ってきたから、お昼は一緒に食べよう」

得意げな俺の恋人。あのヨルカがサプライズなんて、ほんとうに変わったものだ。

「ご苦労なことね。健気を通り越して、ちょっと恐いんだけど」

「そっちこそ仕事以外で、希墨の時間を奪えると思わないことね」

ふたりは微笑み合っているが、交わす視線は鋭い。

「皆さん、朝から賑やかですね」

ちょうど神崎先生がそこに通りかかる。

挨拶もそこそこに、先生は周囲に人がいないのを確認してから「先日の件に関するお礼なのですが……」とあらたまって切り出してきた。

「先生。別に、気にしなくていいですよ」

「そうはいきません。お世話になった生徒さん達にきちんとお返しをしなさいと母からきつく言われてもいます。それで、よろしければ夏休みにうちの別荘に来ませんか？　貸し切りですし海も近いので、楽しむにはもってこいですよ」

「別荘」「貸し切り」「海」

気になるキーワードを俺達三人は復唱する。

「希墨、わたしは構わないけど」

「希墨くん。もちろん行くよね？」

ふたりは賛成。もちろん俺もだ。とあれば迷うまでもない。

「――行きます。瀬名会の幹事として、すぐに他のメンバーの予定も確認します！」

かくして瀬名会は夏休みに、神崎先生の別荘への旅行が決まった。

発売決定!!!!!!!!!!!!!!!!!!!!!!

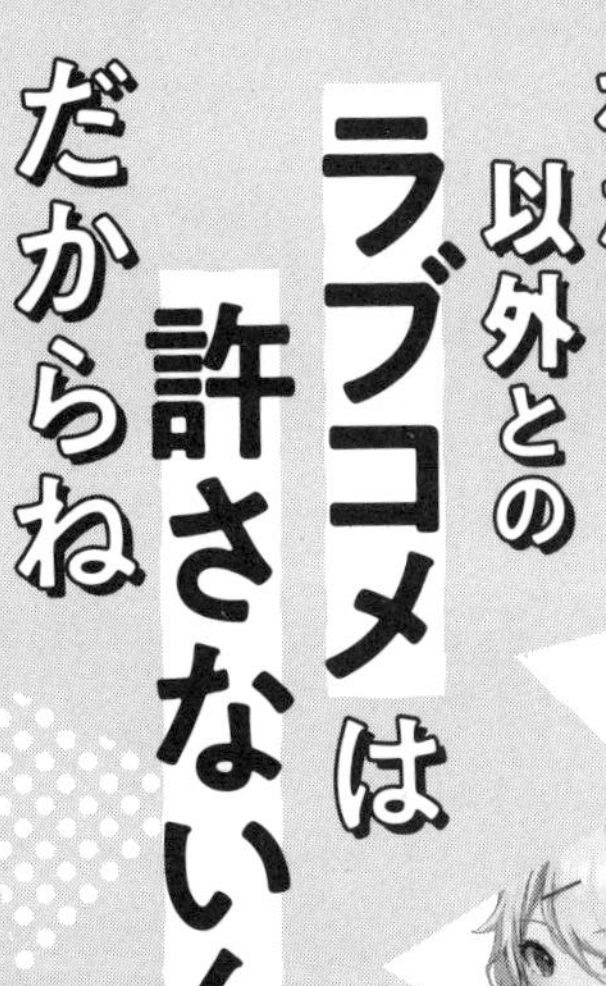

キスも交わして、
希墨とヨルカの恋はさらに甘々になる!

そして季節は夏。
祭りに水着にお泊まり旅行。
青春イベント盛りだくさんの中で最高の夏休みが始まる──!

だが、恋する想いが渦巻く瀬名会メンバー
旅行中に事件が起きないはずもなく……?

第4巻 2021年夏

◉羽場楽人著作リスト

「わたしの魔術コンサルタント」（電撃文庫）
「わたしの魔術コンサルタント② 虹のはじまり」（同）
「スカルアトラス 楽園を継ぐ者〈1〉」（同）
「スカルアトラス 楽園を継ぐ者〈2〉」（同）
「わたし以外とのラブコメは許さないんだからね①〜③」（同）

本書に対するご意見、ご感想をお寄せください。

ファンレターあて先
〒102-8177　東京都千代田区富士見2-13-3
電撃文庫編集部
「羽場楽人先生」係
「イコモチ先生」係

本書は書き下ろしです。

電撃文庫

わたし以外とのラブコメは許さないんだからね③

羽場楽人

2021年4月10日　初版発行

発行者　青柳昌行
発行　株式会社KADOKAWA
〒102-8177　東京都千代田区富士見2-13-3
0570-002-301（ナビダイヤル）
装丁者　荻窪裕司（META＋MANIERA）
印刷　株式会社暁印刷
製本　株式会社ビルディング・ブックセンター

●お問い合わせ
https://www.kadokawa.co.jp/（「お問い合わせ」へお進みください）
※内容によっては、お答えできない場合があります。
※サポートは日本国内のみとさせていただきます。
※ Japanese text only

※定価はカバーに表示してあります。

ISBN978-4-04-913727-9　C0193　Printed in Japan

電撃文庫　https://dengekibunko.jp/

電撃文庫創刊に際して

文庫は、我が国にとどまらず、世界の書籍の流れのなかで〝小さな巨人〟としての地位を築いてきた。古今東西の名著を、廉価で手に入りやすい形で提供してきたからこそ、人は文庫を自分の師として、また青春の想い出として、語りついできたのである。

その源を、文化的にはドイツのレクラム文庫に求めるにせよ、規模の上でイギリスのペンギンブックスに求めるにせよ、いま文庫は知識人の層の多様化に従って、ますますその意義を大きくしていると言ってよい。

文庫出版の意味するものは、激動の現代のみならず将来にわたって、大きくなることはあっても、小さくなることはないだろう。

「電撃文庫」は、そのように多様化した対象に応え、歴史に耐えうる作品を収録するのはもちろん、新しい世紀を迎えるにあたって、既成の枠をこえる新鮮で強烈なアイ・オープナーたりたい。

その特異さ故に、この存在は、かつて文庫がはじめて出版世界に登場したときと、同じ戸惑いを読書人に与えるかもしれない。

しかし、〈Changing Times,Changing Publishing〉時代は変わって、出版も変わる。時を重ねるなかで、精神の糧として、心の一隅を占めるものとして、次なる文化の担い手の若者たちに確かな評価を得られると信じて、ここに「電撃文庫」を出版する。

1993年6月10日
角川歴彦

二月 公
イラスト／さばみぞれ
声優ラジオのウラオモテ
#01 夕陽とやすみは隠しきれない？
オモテは元気＆清楚なアイドル声優／
ウラはギャル＆根暗地味子な女子高生!?
プロ根性で世界をダマせ！
バレたらアウトの声優ラジオ
Now On Air!!
第26回
電撃小説大賞
大賞
受賞
電撃文庫

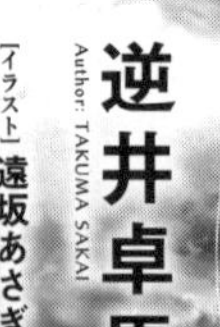

豚になった俺が、
異世界で美少女と
いちゃラブ(!?)する
ファンタジー

逆井卓馬
Author: TAKUMA SAKAI

[イラスト]遠坂あさぎ
Illustrator: ASAGI TOHSAKA

豚のレバーは加熱しろ

Heat the pig liver

the story of a man turned into a pig.

純真な美少女にお世話される生活。う〜ん豚でいるのも悪くないな。だがどうやら彼女は常に命を狙われる危険な宿命を負っているらしい。

よろしい、魔法もスキルもないけれど、俺がジェスを救ってやる。運命を共にする俺たちのブヒブヒな大冒険が始まる！

電撃文庫

男女の友情は
成立する?
いや、しないっ!!
七菜なな
イラスト/Parum
友情を誓った
親友同士が――まさかの
〈両片想い〉に!?
アタシと親友だけの青春やってようぜ!
ある中学生の男女が、永遠の友情を誓い合った。1つの夢のもと運命共同体となったふたりの仲は、特に進展しないまま高校2年生に成長し!?　親友ふたりが繰り広げる、甘酸っぱくて焦れったい〈両片想い〉ラブコメディ。
電撃文庫